Sammy Keyes
e o Homem Esqueleto

WENDELIN VAN DRAANEN

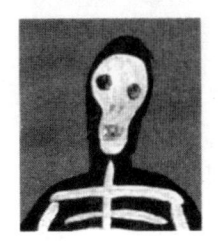

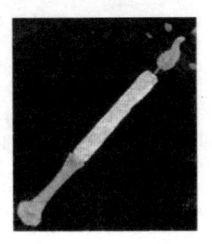

Sammy Keyes
e o Homem Esqueleto

Tradução
Heloisa Prieto

Título original
SAMMY KEYES AND
THE SKELETON MAN

Copyright do texto © 1998 *by* Wendelin Van Draanen Parsons
Copyright das ilustrações © 1998 *by* Dan Yaccarino
Copyright arte de capa © 1998 *by* Dan Yaccarino

Todos os direitos reservados.
Nenhuma parte desta obra pode ser reproduzida, ou transmitida por
qualquer forma ou meio eletrônico ou mecânico, inclusive fotocópia,
gravação ou sistema de armazenagem e recuperação de informação,
sem a permissão escrita do editor.

Direitos para a língua portuguesa reservados
com exclusividade para o Brasil à
EDITORA ROCCO LTDA.
Av. Presidente Wilson, 231 – 8º andar
20030-021 – Rio de Janeiro – RJ
Tel.: (21) 3525-2000 – Fax: (21) 3525-2001
rocco@rocco.com.br
www.rocco.com.br

Printed in Brazil/Impresso no Brasil

preparação de originais
JULIA MARINHO

CIP-Brasil. Catalogação na fonte.
Sindicato Nacional dos Editores de Livros, RJ.
V318s   Van Draanen, Wendelin
Sammy Keyes e o Homem Esqueleto/Wendelin Van Draanen;
tradução de Heloisa Prieto; ilustrações de Dan Yaccarino.
Primeira edição. – Rio de Janeiro:
Rocco Jovens Leitores, 2010.
Tradução de: Sammy Keyes and the skeleton man
ISBN 978-85-7980-016-0
1. Literatura infantojuvenil. I. Prieto, Heloisa, 1954-. II. Título.
10-0339   CDD – 028.5   CDU – 087.5

O texto deste livro obedece às normas do
Acordo Ortográfico da Língua Portuguesa.

Para Nancy Siscoe, um verdadeiro tesouro.

Faço um agradecimento especial ao meu marido, que se mantém bem-humorado mesmo quando estou com um jeito superesquisito; à minha família – oficial e extraoficial – pelo incentivo; e a Mary Lou Prohaska e Karen Macintosh, que sabem lidar tão bem com o esquema "telefona e sai correndo". Obrigada também a Bruce Miller da Phoenix Books, que (não por acaso) sempre está muito bem-arrumado.

PRÓLOGO

Não é que eu estivesse tentando me meter em encrenca...

Lá estava eu no meio da festa do Dia das Bruxas como o resto dos garotos da cidade. Mas então tive a brilhante ideia de irmos até a Casa do Arbusto. Quer dizer, era Halloween e bater na porta daquela casa é um tipo de tradição aqui, em Santa Martina. Pelo menos é isso que todo mundo sai dizendo que faz, e achei que já estava na hora de tentar também.

Não esperávamos ganhar um doce. Nem que alguém atendesse à porta. Estávamos só querendo levar um susto daqueles e sair correndo para longe. Bem longe.

O problema é que a porta se abriu, e, depois do que vi lá dentro, não deu mais para virar as costas e sair em disparada.

UM

Você pode achar que já estou muito crescida para brincar de Dia das Bruxas. Minha avó pensa assim. Ela acha que, depois da quarta série, passou da idade para essa brincadeira. E como eu estou na sétima série, segundo minha avó, já se foi o tempo em que eu podia bater na porta da casa das pessoas dizendo: "Gostosura ou travessura!"

Geralmente, presto atenção àquilo que diz minha avó. Em parte porque preciso mesmo, já que moro com ela desde que minha mãe fugiu para Hollywood para virar atriz de cinema; mas, de um modo geral, é porque aprendi, do jeito mais difícil, que Vovó geralmente tem razão. Embora ela definitivamente *não* esteja certa quanto a essa história de ter que parar de brincar no Dia das Bruxas. Não sei bem quando é que ela acha que a gente deve colocar um ponto final na brincadeira. Talvez depois da sétima série. E aí acabou.

Vovó não conseguiu nem mesmo que eu ficasse em casa para dar doce ao pessoal que batesse na nossa porta. Na escola Highrise os alunos não têm permissão de fazer isso, então como é que eu ia dar doce para eles?

Ela também não queria que eu me transformasse na Monstra do Pântano em seu apartamento – não enquanto a senhora Graybill estivesse esperando que eu aparecesse e confirmasse sua suspeita de que eu realmente moro com a Vovó no asilo. Eu não queria carregar a fantasia, com um monte de cabelo verde e mais a máscara de verrugas até a casa da Marissa; assim quando Dot nos convidou para nos aprontarmos na casa dela, saltei de alegria e disse:

– Ótimo!

Dot é a nova aluna na escola, e Marissa e eu não a conhecemos assim tão bem, mas eu já gosto dela. Ela é meio quieta, pisca muito os olhos e sempre traz refrigerante no lanche. Seu nome verdadeiro é Margaret – ou Maggie – mas todos a chamam de Dot porque isso quer dizer pinta em inglês e ela tem um sinal de beleza no meio da face. Não é verruga. Nada a ver com uma bolinha gorda ou estufada e peluda. É só um pequeno círculo no rosto que parece ter sido desenhado com caneta esferográfica. Uma pinta. E quando a gente encontra a Dot pela primeira vez, nem sequer repara que ela tem grandes olhos castanhos e o dente da frente um pouco encavalado – porque só dá para ficar pensando se aquela pinta no rosto dela é permanente ou se, por acaso, ela apoiou o rosto na ponta de uma caneta.

De qualquer modo, lá estava eu enfiando na mochila tudo o que precisava para virar a Monstra do Pântano quando a Vovó disse:

– Você já está pronta pra sair? – Como se o Dia das Bruxas fosse o tipo de festa onde não se deve chegar antes da hora.

Fiz que sim com a cabeça.

– Você pode dar uma olhada no corredor?

Vovó examina o conteúdo de minha mochila e diz:

– Quero que você vista uma jaqueta.

Olho para minha avó como se ela estivesse louca.

– Uma jaqueta? Mas Vovó, hoje é Dia das Bruxas!

As mãos dela vão direto para a cintura:

– Mocinha, você precisa vestir uma jaqueta. Pode não estar frio agora, mas daqui a uma hora ficará gelado!

Reviro os olhos e murmuro:

– Monstros do Pântano não usam jaqueta. – Mas vou até o quarto dela e arranco a jaqueta do fundo da gaveta debaixo da cômoda porque eu sei que Vovó não vai me deixar passar pela porta sem a tal da jaqueta.

Ela dá um sorrisinho e diz:

– Você está levando a lanterna?

– Estou sim, Vovó!

– Bom, então parece que está pronta. Volte para casa às nove horas, está bem?

Lanço meu melhor sorriso de "Por favor...".

– Nove e meia?

Minha avó suspira.

– E nem um minuto a mais. É dia de semana, Samantha.

Dou-lhe um beijo na bochecha e digo:

— Eu sei, Vovó, eu sei. Agora, a senhora pode dar uma olhada no corredor para mim? Por favor?

Ela abre um pouco a porta para verificar se a senhora Graybill está espiando no corredor à minha espera. Faz sinal de que está tudo em ordem, então lá vou eu com minha mochila lotada com a tralha toda de Monstra do Pântano. Desço pela escada de incêndio, alcanço a Avenida Broadway, passo pelo shopping Santa Martina e chego à Avenida Tyler.

Dot mora num sobradinho nessa avenida, enfiado no meio de outros sobrados idênticos, mas a diferença é que a casa dela tem duas lanternas de abóbora na entrada.

Vendo as lanternas, fiquei animada para virar a Monstra do Pântano. Esta é a melhor parte do Dia das Bruxas. A gente não precisa se preocupar se tem ou não dinheiro para comprar presentes ou ficar pensando se alguém vai se lembrar de dar alguma coisa para *você*. Não precisa se preocupar em cozinhar, em fazer faxina ou ir à igreja – é só se aprontar, sair com os amigos e se divertir à beça.

Subi os degraus da escada correndo, toquei a campainha e fiquei meio que balançando sobre os tênis, esperando que alguém me convidasse a entrar. E quando o pai de Dot atendeu a campainha, custei a perceber que ele tinha grandes olhos castanhos e dentes da frente um pouco acavalados. Só enxerguei uma pinta no meio da face, igualzinha à de Dot.

Fiquei ali, parada, por um minuto, feito uma boba, olhando para a pinta no rosto do pai de Dot, até que finalmente disse:

– Oi, senhor DeVries? Eu sou a Sammy... A amiga de Dot. Ela está em casa?

Ele deu um sorriso largo, verdadeiro, que parecia deslocar a pinta para perto de seu olho.

– Que bom conhecê-la, Sammy. Entre...

Lá vou eu e entro na Terra Azul. O tapete é azul, as paredes estão pintadas de azul até quase um metro do chão; a partir dali, estão cobertas por um papel de parede em xadrez azul e branco, enfeitado por pratos de cerâmica. Dezenas de pratos com figuras de moinhos, vacas e crianças com tamancos de madeira.

O senhor DeVries afasta-se do caminho de uma menininha fantasiada de Branca de Neve que vem correndo atrás dele, atirando com um revólver de brinquedo:

– Pam! Pam!

Um segundo depois, o senhor DeVries tem que sair da frente novamente porque outra menininha de chapéu e roupas de vaqueira sai correndo atrás da Branca de Neve, brandindo uma varinha de condão e gritando:

– Devolva pra mim! Eu quero meu revólver! Ou me devolve o revólver ou eu vou transformar você numa salamandra!

A primeira garota grita:

– A Branca de Neve não usa varinha de condão!

Um segundo depois, ela dá a volta e pergunta sussurrando:

– O que é salamandra, Papai?

– É um tipo de lagarta mágica. Querida, você não acha que...

A Branca de Neve esquiva-se da Vaqueira gritando:

– Upa!!

O senhor DeVries levanta os ombros e depois grita do alto da escada:

– Margaret! Margaret! Chegou visita para você!

Dot desce os degraus correndo, com o rosto tão amarelo que parece ter mergulhado a cara dentro de um balde de tinta. Ela pisca muito, depois diz:

– Oi, Sammy! Venha aqui pra cima!

Dot vem de uma família grande. Ela tem dois irmãos mais velhos e duas irmãs menores, e como todos vivem num sobrado pequenino, as garotas dormem num quartinho e os meninos no outro.

Quando a gente entra no quarto das meninas, é como sair do Planeta Azul para o Amarelo. A colcha é amarela, bem como a mesinha; uma das paredes é inteirinha amarela, assim como a cômoda. E, no meio de todo aquele amarelo, está Dot, que se pintou da cor de sua mobília.

Sento na beirada da cama dela e digo:

– Então, você vai se fantasiar do quê?

Ela me dá um grande sorriso amarelo.

– De abelha! Espere só até você ver minha fantasia. Vai ficar o máximo!

Ela volta a pintar o rosto de tinta amarela e fico pensando assim:

Uma abelha?

Nisso, ela me pergunta:

– E você?

Começo a tirar as coisas para fora da mochila:

– A Monstra do Pântano.

Ela me olha pelo espelho.

– Monstra do *Pântano*? O que é isso?

De repente, sinto-me estúpida. Lá está ela, tomando um banho de tinta amarela, fazendo de tudo para ficar parecida com uma abelha gigante, enquanto eu estou planejando deixar o cabelo todo espetado para o alto, pintar o rosto de verde e passar a me chamar de A Monstra do Pântano. Como se isso existisse, por acaso. Eu a observo através do espelho e dou de ombros.

– Sei lá, é só um treco aí que eu inventei. Você vai ver.

Ela vira o rosto para mim.

– É isso que você vai usar na festa da Heather amanhã à noite?

Agora a última coisa que quero fazer é passar a minha noite preferida do ano falando sobre Heather Acosta e sua festa estúpida. Acho que Heather está dando uma festa, em parte para que possa repetir o que fez na semana passada – chegar para mim e dizer:

– Se você ouvir falar da festa é verdade; todos foram convidados... todos menos *você*.

Dá para acreditar nisso?

Foi exatamente isso o que ela disse. Depois ela balançou sua esnobe cabeça ruiva, lançou-me seu olhar de "Não vem que não tem" e saiu andando. Na boa, ter uma Heather Acosta na vida da gente é como encontrar uma fatia de cebola num sanduíche de geleia de morango.

De qualquer modo, Dot está olhando para mim, esperando que eu diga o que vou vestir na festa estúpida da Heather; então, eu meio que dou de ombros e falo:

– Nada.... eu não vou.

Os olhos de Dot se arregalam.

– *Você* não vai? Por que não? Todo mundo vai!

É nessa hora que toca a campainha. Depois, ouvimos:

– Margaret! Mais visita!

Dot põe a pintura no chão e dá um salto:

– Deve ser a Marissa!

Ela sai correndo e dizendo:

– Isso é tão legal!

Eu estava feliz por Marissa ter aparecido. Somos as melhores amigas desde a terceira série e ela nem sequer precisa perguntar que fantasia vou vestir no Dia das Bruxas. Ela sabe que irei de Monstra do Pântano. Isso ou a Monstra do Gelo, se eu, por acaso, usar tinta branca no lugar de verde.

De qualquer modo, Marissa chega e sorri abertamente para mim:

— Sammy! — e põe no chão duas grandes sacolas de compras. — Tudo certo para acabar de se arrumar?

Faço que sim com cabeça:

— O que você vai ser?

Ela arranca a fantasia de dentro de uma das sacolas:

— Vou ser uma múmia!

Dot e eu olhamos para os rolos de papel higiênico pulando para fora da bolsa e caímos na gargalhada. Dot diz:

— Uma *múmia*?

Marissa tira um corpete e meias brancas de dentro da sacola.

— É isso mesmo, e vocês duas vão ter que me ajudar a vestir a fantasia. Vamos!

Nisso, a porta se abre e a Branca de Neve entra correndo e se enfia debaixo de uma cama se escondendo atrás da colcha na mesma hora em que aparece a Vaqueira. A menina fica parada no meio do quarto brandindo a varinha de condão como se estivesse espantando demônios.

— Cadê a Beppie?

Dot mal aponta a cabeça para a cama, mas é o suficiente para a Vaqueira. Ela grita:

— Alô! — e se enfia ali.

Enquanto elas quase se matam debaixo da cama, pergunto a Dot:

– Você não devia fazer alguma coisa e desapartar as duas?

Dot dá de ombros.

– Elas se viram. Sempre fazem as pazes.

Depois de mais um tanto de gritaria, a Vaqueira reaparece com a arma na mão e um sorriso no rosto. Ela olha para Dot e diz:

– Tem uma salamandra debaixo de sua cama.

E desaparece.

Dot olha para mim:

– O que é uma salamandra?

A Branca de Neve faz carinha de choro.

– Uma lagarta encantada.

Ela atira a varinha de condão no chão e diz:

– Eu detesto ser salamandra – e sai correndo da sala.

Marissa e eu balançamos a cabeça, voltamos a nos arrumar. Marissa veste as meias-calças e o corpete, nós a enrolamos nas tiras de papel higiênico como se ela fosse uma lagarta dentro de um casulo. Rimos e dizemos a ela que a ideia de virar múmia foi genial – se ela tropeçar e levar um tombo, nem vai se machucar, já que está totalmente estofada.

Assim que terminamos de fazer tudo isso, ela caminha até a cama de Dot feito um Abominável Homem das Neves e fica ali por um minuto antes de dizer:

– Não consigo sentar!

Dot e eu começamos a rir outra vez, mas não dá para resolver o problema dela. Marissa precisa ficar ali parada enquanto nós nos arrumamos.

Então, estou de cabeça abaixada, desfiando o cabelo e enchendo-o de spray feito louca, quando Marissa diz pela abertura da boca:

– Ei! Eu quase esqueci! Trouxe uma coisa para você!

Ela vai até a bolsa e tira de dentro dela um suéter verde oliva, cheio de enfeites de tricô que parecem tranças grossas de cabelo.

Meus olhos ficam arregalados.

– Uau! Onde foi que você *arranjou* isso?

Ela sorri no meio das tiras de papel higiênico.

– No armário da Yolanda, é claro.

– Foi sua *mãe* que comprou isso? – pergunto, pensando que a senhora McKenze jamais vestiria um suéter com cara de roupa de Monstra do Pântano.

Marissa diz:

– Isso mesmo, e como eu nunca a vi com essa roupa, imaginei que não notaria a falta.

Ela estende a malha para mim.

– É meio pesada.

Marissa não estava brincando quando disse isso. Eu a visto por cima da minha malha de gola olímpica e, de repente, tenho a impressão de que estou no dentista, usando o avental de chumbo, pronta para fazer um raio x.

Faço alguns movimentos, balanço um pouco de um lado para o outro, tentando me acostumar a esse suéter peludo que espeta meus quadris. Depois, solto uns rugidos e gemidos e, pronto, já estou me sentindo a

Monstra do Pântano. Volto a espetar o cabelo e, quando termino, abro os braços e pergunto:

– E aí? O que vocês acham?

Marissa diz:

– É genial!

Mas Dot dá uma olhada para mim, põe sua tiara com antenas espetadas e fala:

– Seu tênis não está combinando.

Olho para meus tênis de cano alto e depois para Dot.

– Não mesmo...

Ela ri:

– Eles são brancos!

Bem, eles não eram exatamente brancos. Na verdade, meus tênis eram velhos demais para serem brancos. Ela estava certa. Certamente não eram verdes.

Marissa dá de ombros e diz:

– Pinte os sapatos com spray.

Preciso pensar um minuto nisso. Uma coisa é pintar o cabelo o rosto e, as *mãos* de verde. Mas meus tênis de cano alto? Pego a lata de tinta e leio as instruções. Está escrito assim: PARA LAVAR, USE ÁGUA E SABÃO. Então, penso que tudo bem, qual é o problema, vou passar spray verde nos meus tênis.

Dot diz:

– Estou morta de sede. Alguém quer refrigerante?

Marissa responde que sim, mas eu recuso e continuo a pintar meus tênis. Então, Dot sai correndo e, um minuto depois, ela e Marissa estão bebendo refrigerante em lata, enquanto me observam trabalhar. E quando meus tênis finalmente ficam verdes e secos, eu os calço e digo:

— E agora, melhorou?

Dot diz:

— Melhorou muito!

E Marissa concorda com a cabeça.

— Esta é a melhor Monstra do Pântano de todos os tempos!

Dot dá uma última olhada no espelho, ajustando suas asas que estão presas às costas como se fosse uma mochila.

— Então, onde é que vamos?

Marissa deixa de lado o refrigerante.

— Por que não começamos por aqui e depois vamos até a Avenida Broadway?

Dot diz:

— Pensei que talvez pudéssemos fazer outro caminho – você sabe, mais para cima? Acho que lá a gente vai encontrar uma decoração muito legal, doces e todas essas coisas!

Marissa e eu rimos porque já tentamos fazer isso uma vez. Demos a volta inteira no bairro de Marissa e voltamos para casa sem ganhar um só docinho. Casas grandes são péssimas para a gente brincar de pedir doces no Dia das Bruxas. Você tem que ficar correndo feito louca de uma casa para a outra, metade delas está com as luzes apagadas e se, por acaso, a luz da entrada estiver acesa, muitas vezes seus donos nem sequer se lembram de que é noite de Halloween. Eles atendem à porta e ficam olhando para nossa cara, e dá para perceber que estão pensando tipo assim:

Por que será que essas meninas estão de fantasia? Será que hoje é Dia das Bruxas? Não, não pode ser...

Depois, lá vão eles procurar uns caramelos ou até mesmo amendoins que guardaram em algum lugar no fundo de um armário, passam-se alguns minutos e, pronto, alguém apaga a luz da porta da entrada.

De qualquer modo, concordamos que começaríamos pelo bairro da Dot e depois iríamos para o shopping. E este teria sido um Dia das Bruxas bem normal para a Abelha, a Múmia e a Monstra do Pântano se eu não tivesse a brilhante ideia de levar Dot a um lugar onde ela nunca estivera. Um lugar onde ninguém se atreveria a ir se não fosse na noite de Halloween. Um lugar do qual nem mesmo os adultos gostam de falar.

Um lugar que todos os garotos da cidade chamam de... Casa do Arbusto.

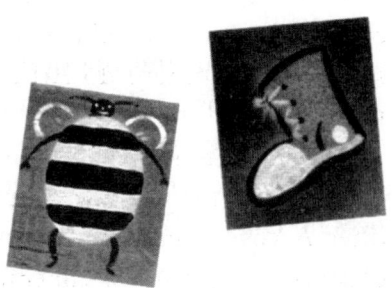

DOIS

A Casa do Arbusto não é assustadora porque seu telhado é alto, pontudo, e suas venezianas estão quebradas. A gente vê esse tipo de coisa toda hora. E não é assustadora porque é mal-assombrada – não mesmo. A Casa do Arbusto dá medo por causa dos *arbustos*. Eles são secos e retorcidos; já cresceram tanto que parecem ter engolido a casa.

Os arbustos saem dos canteiros e alcançam uns quatro metros de altura. Depois, formam um arco sobre a calçada e se entrelaçam com os galhos dos arbustos de dentro do jardim. Você vem descendo pela calçada no meio do dia, sol a pino, e se for louca a ponto de atravessar o túnel de arbustos em vez de passar do outro lado da rua, bem, o sol desaparece. E a gente fica no escuro, o coração batendo, os joelhos tremendo, porque sabe que o Homem do Arbusto vai aparecer e nos matar.

Ninguém nunca viu o Homem do Arbusto de verdade. Ninguém em quem eu pudesse acreditar, quero dizer. A Vovó já me disse que as histórias sobre ele são exageradas – que provavelmente se trata apenas de um sujeito solitário perdido no mundo – mas nisso eu também não acreditei. Não, há algo de muito esquisito num homem que se tranca em casa desse jeito, e o melhor a fazer é ficar longe dele e dos arbustos.

Acontece que a Monstra do Pântano não concordava com isso. E foi essa mesma Monstra que arrastou a Abelha e a Múmia pela Rua Orange, atravessou o túnel e parou na calçada da frente da Casa do Arbusto. E foi a Monstra do Pântano quem disse:

– Vamos, vai ser muito legal!

Então, lá estávamos nós, tentando atravessar os arbustos, munidas de lanternas, pulando para tudo quanto é lado, sussurrando e cochichando perto da entrada da Casa do Arbusto, quando, do nada, aparece um *esqueleto* e vem correndo em nossa direção. De repente, eu não era mais a Monstra do Pântano. Eu era só Sammy Keyes, e meu coração tentava dar um jeito de saltar fora do meu corpo.

Marissa gritou, mas deve ter calado o zunido de tudo quanto é abelha, porque num minuto Dot está de pé, no outro ela já foi parar no meio da calçada. Dot está engatinhando para trás, tentando afastar-se do esqueleto, quando se enrosca em sua própria asa e não consegue mais se mover.

Depois ouvimos:

– Saia da frente, saia da *frente*!

Nisso, percebo que o esqueleto não é de verdade, mas só alguém usando fantasia de fundo preto com um esqueleto pintado de branco. E está na cara que ele teve uma noite movimentada, porque a fronha de travesseiro listrada de verde e branco está *lotada* de doces. Ele a balança sobre a cabeça de Dot e meio que dança ao redor dela, depois desaparece pela rua.

Nós três passamos um minuto olhando para o lugar onde ele apareceu. Então, ajudo Dot a se levantar e digo:

– E a Vovó diz que *eu* já estou grande demais para brincar de Dia das Bruxas.

Dot solta uma risadinha nervosa, mas dá para perceber – ela quer dar o fora dali. Olho para Marissa e é claro que ela está executando o Passo McKenze: os dedões apontados um ao outro, contorcendo-se com os joelhos unidos, roendo unhas, com cara de apavorada. Ela sussurra:

– Preciso ir...

Agarro o braço dela.

– Ei, não é pra ficar assustada, era só um cara brincando de aterrorizar. Anda... A porta é bem ali na frente. A gente bate nela e sai correndo, tudo bem?

– Não, Sammy, eu preciso ir...

Olho firme para ela:

– Ao *banheiro*?

Ela faz que sim com a cabeça.

– Eu não devia ter tomado aquele refrigerante.

Olho ao redor e digo:

– Vai ali atrás do arbusto.

Os olhos dela praticamente saltam para fora da tira do papel higiênico.

– No *arbusto*? Nem pensar! Além disso, eu não consigo! Estou toda embrulhada, de corpete e meia-calça. Vou precisar tirar tudo isso!

Não consigo evitar e começo a dar risadas. Quer dizer, lá está ela, soterrada por uma montanha de tiras de papel higiênico sem ter jeito de usá-las. Na mesma hora, Dot também começa a rir e Marissa diz:

– Parem com isso! Não é engraçado!

Mas depois *ela* mesma começa a rir.

Finalmente, digo:

– Vejam, eu subo, bato na porta e depois a gente volta para a casa de Dot para você ir ao banheiro, tudo bem?

Marissa para de rir.

– Você vai *sozinha*?

Digo:

– Claro!

Porque naquela hora eu não estava me sentindo tão apavorada. Então, estamos cercadas por uns arbustos incontroláveis, e daí?

Subo correndo pelo caminho da entrada da Casa do Arbusto, bato na porta, *Bam! Bam! Bam!*, feito um estivador maluco.

Então, a porta se abre.

Sozinha.

Eu devia ter saído correndo, mas, por alguma razão, fiquei ali parada, de olhos arregalados. Nunca tinha parado para pensar como deveria ser *dentro* da casa. Mas lá estava eu, sozinha, imóvel na varanda escura, espiando dentro da Casa do Arbusto. E o lado de dentro estaria tão escuro quanto o de fora, não fosse pelas chamas que brilhavam no meio da entrada.

Não, essas chamas não vinham do fogo da lareira. A fogueira era no assoalho perto de uma mesinha, feita com uma pilha de jornais. E mesmo com tanto escuro, pude perceber que, em poucos minutos, a mesinha pegaria fogo. Inclino-me um pouco e digo:

– Olá? Olá! Tem alguém em casa?

E é claro que ninguém responde.

Tento iluminar a sala com minha lanterna, mas é claro que a luz é engolida pela escuridão.

– Alô! Ei! – grito. – Tem alguém em casa?

Ninguém responde, então abro a porta completamente, no caso de o Homem do Arbusto estar escondido atrás dela, pronto para me amarrar e me assar feito churrasco.

Nisso, ouço Marissa chamando:

– Sammy! Sammy? O que é que está acontecendo?

Respondo:

– Venha cá! Ande!

Mas não espero por ela e Dot. Entro correndo na casa e começo a apagar o fogo com meus tênis. Primeiro piso no jornal com um pé, depois com o outro e, enquanto estou ocupada sapateando, reparo que há um castiçal no meio das chamas.

Logo mais as solas dos meus tênis começam a derreter e meus pés ficam pelando, mas será que o fogo se apagou? Nada disso. Continuo pulando de um lado para o outro, louca para encontrar uma mangueira de esguicho ou um extintor, gritando o mais alto possível:

– Fogo! Ei! Tá pegando fogo!

Nessa hora, Marissa e Dot aparecem na porta da frente, e grito:

– Entrem aqui para me ajudar!

Dot joga no chão seu saquinho de doces e entra voando, mas Marissa fica só parada na soleira da porta fazendo o Passo McKenze. Grito:

– Marissa, chame os bombeiros!

Ela diz:

– Mas....

Percebo que não tem jeito de ela entrar na Casa do Arbusto para encontrar telefone, água ou qualquer outra coisa.

Então tenho uma ideia. O suéter da Monstra do Pântano. Eu o arranco fora e o atiro sobre as chamas. Primeiro sobre um lado da fogueira, depois do outro. No começo parecia que o suéter pegava fogo, mas, depois, a fumaça começou a diminuir e as chamas se extinguiram.

Dou uma cotovelada em Dot, Marissa se aproxima e sussurra:

— O que foi que *aconteceu?*
— Parece que foram as velas que começaram o incêndio.
Dot diz:
— Como assim? Não tem ninguém aqui!
Giramos a luz de nossas lanternas por um tempo, depois Marissa sussurra:
— Bem, quem foi que acendeu as velas?
Olhamos umas para as outras, cada vez mais espantadas e Marissa diz:
— Vamos dar o fora daqui!

Eu estava planejando segui-las pela porta, mas algo fez com que eu olhasse para o cantinho do corredor. E quando a luz de minha lanterna bateu nele, não dava para sair correndo. Só consegui berrar.

Primeiro você precisa entender – eu não sou aquele tipo de garota que grita. A única outra vez em que tentei fazer isso, nenhum som saiu de minha boca. Mas, agora, o berro escapou direitinho – bem alto e nítido. Saí voando pelo canto, gritando feito uma louca, e praticamente atropelei a Dot. Toda aquela minha gritaria fez com que Marissa também urrasse e o berro dela provocou o grito de Dot.

E a razão pela qual estou gritando é porque na virada do canto, sentado numa cadeira com a cabeça torcida para o lado, está o Frankenstein. Não estou falando de uma máscara de Frankenstein num boneco do tipo que a gente encontra nas varandas. Estou falando de uma figura *real*, de carne e osso.

E mesmo que meu cérebro saiba que ele não pode ser realmente o Frankenstein, minha boca não entende isso – ela fica só gritando sem parar até que eu a tampo com a mão.

Marissa cobre a própria boca com sua mão e depois diz alto:

– O quê? O que é que tem ali?

Sei que se eu lhe disser que Frankenstein está bem ali no canto, com cabeça torcida para o lado, ela vai morrer de pavor e sair correndo, então eu falo:

– Espere aqui.

Ela agarra meu braço.

– Aonde você *vai*?

Afasto sua mão.

– Preciso dar uma olhada num negócio, tá? Eu já volto.

Meu coração estoura no meu peito, sinto o resto do corpo estremecendo, mas me obrigo a caminhar até o Frankenstein. Dirijo o foco da lanterna contra ele, me aproximo mais um pouco e depois fico ali parada, olhando.

Frank não se mexe, sentado de lado na cadeira. Nisso, reparo nas cordas. Uma delas está prendendo suas mãos e a outra amarra os tornozelos nas pernas da cadeira. Então eu me aproximo mais, pensando que, se ele estiver vivo, na certa não vai saltar e me agarrar.

Vejo cabelo saindo pelos buracos da máscara – fios sujos e grisalhos. É uma daquelas máscaras grossas que esquentam a cara da gente; se você um dia as usar, bem, melhor saber que não dá para respirar direito com elas por muito tempo.

Então, eu me inclino para a frente; estou quase tirando a máscara dele quando alguém grita.

Dou um salto no ar e, quando volto ao chão, vejo Marissa:

– O que foi isso?

Enfio o coração de volta no peito e digo:

– Acho que ele é o Homem do Arbusto... e acho que ele está morto.

Marissa dá a impressão de que vai sair correndo, mas Dot chega bem pertinho e sussurra:

– Ele está *morto*?

Marissa a segue, meio que se escondendo atrás da asa de Dot e, enquanto se aproximam, estico a mão e arranco a máscara do rosto dele.

É um homem mesmo, e ele parece morto de verdade. A cabeça caída à frente, sangue escorrendo do lado até a barba. Ponho a mão debaixo do nariz para sentir se ele está respirando, mas não consigo. Depois, toco o pescoço dele para sentir o pulso.

– Ele *não* está morto!

Dot sussurra:

– Não?

Balanço a cabeça.

– Dá para sentir o batimento do coração.

Olhei ao redor procurando algo para limpar o sangue do rosto dele, e então me lembrei de Marissa. Comecei a arrancar as tiras de papel higiênico de um braço, enquanto Dot tirava as do outro. Limpamos um pouco do sangue e percebemos que ele escorria de um grande ferimento acima da orelha.

Assim que estancamos o sangue, verifiquei a respiração dele outra vez. Prendo minha própria respiração, esperando que o ar saia do pulmão dele quando reparo que o peito está subindo e descendo. O movimento é leve, mas está acontecendo. E não consigo entender por que não sinto o ar, quando, repentinamente, ele se mexe um pouco e consigo ouvir um ruído de respiração.

Dei um salto. Todas nós pulamos. Quer dizer, aquele era o Homem do Arbusto. Tinha que ser. E aquele barulho não vinha da boca dele. Eu não conseguia dizer de onde vinha o ruído exatamente, mas era um barulho muito assustador, isso eu garanto. Então, lá está ele, assobiando, retorcendo-se e o que é que o Homem vê ao abrir os olhos?

Uma garota de cabelo verde, uma múmia em decomposição e uma abelha gigante!

E quem berra?

Nós!

Estamos nos virando para sair em disparada quando o som mais esquisito do mundo sai de dentro dele –

não se trata de um suspiro, nem um grunhido, mas algo entre uma coisa e outra.

Marissa agarra meu braço:

– Venha, Sammy, ande!

Mas algo me diz para ficar e escutar. Falo:

– Psiu! – e afasto a mão dela.

Nisso, ouvimos de novo aquele grunhido estranho. Mas, desta vez, o barulho vem mais alto, como se fosse – uma *voz*.

E ela diz:

– Socorro...

TRÊS

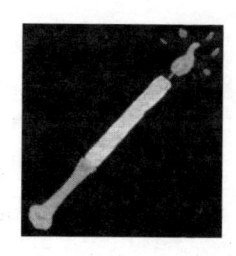

Marissa para de me puxar e sussurra:
— O que foi que ele disse?
Cochicho em resposta:
— Acho que ele disse socorro.

Passo a mão na parede tentando encontrar o botão do interruptor, mas, quando o encontro e o pressiono, nada acontece. Então ponho o foco da luz da lanterna no homem e pergunto:
— O senhor está bem?
Ele ergue o pulso em minha direção.
Dou um passo adiante, mas Marissa me detém e sussurra:
— Você não vai desamarrá-lo, não é?
— Marissa, ele está ferido! Alguém o prendeu!

Agora, depois de tudo que já ouvi sobre o Homem do Arbusto, esse pensamento não era tão maluco assim. Mas lá estava ele, de mãos levantadas, com uma aparência tão desesperada que não dava para abandoná-lo daquele jeito. Adiantei-me, soltei as cordas que prendiam suas mãos e afastei-me para ver Marissa e Dot desamarrarem as pernas dele.

Quando tiramos todas as cordas, perguntei:
— O senhor quer que a gente chame uma ambulância?

Ele toca o machucado na cabeça e faz que não com a cabeça. Em seguida, tira um lápis e um bloquinho do bolso da camisa para escrever algo. Levanta e entrega o bilhete para mim, depois volta a tocar o ferimento, enquanto vou lendo:

VÁ ATÉ A PORTA DO LADO NO 625 – NÃO 629 – E CHAME A POLÍCIA. POR FAVOR. P. S.: VOCÊ VIU O HOMEM ESQUELETO?

Paro um minuto para pensar nisso.
— O senhor não tem telefone?
Ele faz que não com a cabeça.
— Ou eletricidade?
Ele nega com a cabeça outra vez e depois aquele grunhido sai novamente:
— Você o viu?
— Ele praticamente nos atropelou na entrada de sua casa. Foi ele quem o feriu?
Ele concorda com a cabeça e pergunto:
— Ele assaltou o senhor?
O homem levanta os ombros, depois bate no bolso da calça e faz que sim com a cabeça. Subitamente, ele começa a cheirar o ar e diz:
— *Fogo?*
— Não se preocupe. Nós já apagamos!

Ele enruga a testa, depois aponta para o bloquinho.
– Ande, telefonem...

Concordo com a cabeça, e, quando estou quase saindo, decido perguntar-lhe:

– O senhor é o Homem do Arbusto, não é mesmo?

Ele olha para mim de um jeito esquisito, depois faz que não com a cabeça e dá de ombros como se nunca tivesse ouvido falar do tal do Homem do Arbusto.

– O meu nome é LeBard...

Bem, não vou ficar aqui parada e explicar como ele pode até achar que seu nome é LeBard, mas que todo mundo na cidade o chama de Homem do Arbusto. Eu corro é para a casa ao lado para dizer à polícia que venha à Casa do Arbusto. Eles chegarão muito mais rápido do que se eu lhes disser apenas Rua Orange, número 627.

Então, lá vou eu, mas Marissa agarra meu braço e cochicha:

– Você não vai nos deixar aqui sozinhas, não é?

Olho ao meu redor:

– Você quer ir telefonar?

Ela concorda rapidamente.

– Sim!

O problema é que Marissa leva Dot consigo. Então fico sozinha, naquela casa escura, com o Homem do Arbusto; parte de mim sente muito pavor, outra parte, curiosidade. Quer dizer, existem todas aquelas perguntas que morro de vontade de fazer, tipo "Por que a luz foi desligada?", "Por que o senhor não tem telefone?" – ou – "Por que o senhor tem tantos *arbustos*?".

Mas fico sentada ali, segurando a cabeça do homem, então todas essas perguntas ficam parecendo estúpidas.

E eu provavelmente teria continuado ali, ocupada com esses meus pensamentos, enquanto ele esfregava o galo na cabeça, não fosse por outra pergunta que ficava indo e vindo. Finalmente, ela saiu da minha boca:

— O que foi que aconteceu com a sua voz?

Ele fica sentado, olhando para mim, depois balança o bloquinho.

Eu lhe entrego o papel e logo o bloquinho volta para mim com as palavras TRAQUEOSTOMIA/LARINGETOMIA escritas.

Estudo as palavras e balanço a cabeça:

— O que é isso?

Ele puxa o colarinho da camisa para baixo e mostra seu pescoço.

Evito ficar olhando, mas não dá, porque logo na base do pescoço há um buraco. Não se trata de uma coisa nojenta, nada disso — é só um pequeno orifício. Algo que a gente não espera encontrar quando olha no pescoço de uma pessoa.

Acho que ele fica cansado de me ver encarando o buraco porque logo em seguida fecha o colarinho e diz:

— Você fuma?

Fico parada feito uma idiota, fazendo que não com a cabeça.

Ele concorda:

– Que bom!

Observo enquanto ele se levanta e caminha pelo quarto acendendo velas. E, quando o lugar já está mais um pouco iluminado, sinto como se estivesse num antigo museu de livros. Livros velhos. Livros dando a impressão de que vão se desmanchar nas mãos quando retirados das prateleiras. Livros que têm capas marrom ou verde-escuras, com letras que somem na lombada. Livros *assustadores*.

Não estou falando de um ou dois livros. Mas de uma sala inteira. Cada centímetro da parede. Bem, havia uma janela com uma cortina marrom espessa e mais uma lareira, mas todo o restante era coberto de livros.

Ele termina de acender três velas na ponta da sala; depois, caminha até a outra mesa ao lado da lareira e para. Lá fica o homem por um bom tempo, só olhando. Finalmente, vira-se e, apesar de nenhum som sair de sua boca, dá para perceber que ele está amaldiçoando alguém.

Quando percebi que estava diante do Homem do Arbusto, todo descabelado, com a cabeça arrebentada, segurando uma vela com cera escorrendo enquanto ele amaldiçoa alguém, bem, quase saio dali correndo. Mas bem nessa hora alguém bate à porta e uma voz chama:

– Olá! Senhor LeBard? É a polícia! Essas meninas me disseram que o senhor estava com problemas. Podemos entrar?

O Homem do Arbusto apanha uma vela e se arrasta até a porta da frente. Estou parada no meio de todas aquelas velas tremeluzentes e dos livros, pensando que aquela sala parece um paraíso de vampiro, quando Marissa e Dot entram correndo.

Marissa fica parada à minha frente, pulando para cima e para baixo, cochichando:

– Você nunca vai adivinhar quem é que está aqui!

Digo:

– Ah, não! – Porque, só de olhar para ela, sei exatamente quem é que veio fazer o relatório. – Você está brincando!

Ela sorri.

– Não, não, e ele está de ótimo humor!

Reviro os olhos.

– Não acredito!

Depois reparo que Dot ainda está de abelha, mas que, exceto pelas meias-calças e pelo corpete, Marissa já está de Marissa. Pergunto:

– Você foi ali no arbusto mesmo?

Ela ri e diz:

– Não, o vizinho me deixou usar o banheiro.

Dot coça debaixo de uma antena e sussurra:

– Eu não estou entendendo. Não estou entendendo nada. Quem é que está bem-humorado? Vocês estão falando do...

Ela ergue o muque de seus bracinhos magros como se fosse uma espécie de campeã das abelhas.

Olho para Marissa e ela olha para Dot, dá praticamente para ver uma lâmpada se acendendo na cabeça dela.

– Ah! Não, não é o...

E depois ela também mostra o muque, depois se agacha e ambas explodem na maior gargalhada.

Nisso, o oficial de polícia aparece no canto com o Homem do Arbusto, e logo mais descubro por que ambas estão mostrando o muque e agachando. O policial tem quase dois metros de músculos e é tão bombado que dava até para erguer um hipopótamo com os braços.

Ele diz ao Homem do Arbusto:

– Foi nesta sala?

O Homem do Arbusto concorda com a cabeça, depois o Bombado diz:

– Será que dá pra gente acender a luz?

Antes que eu possa evitar, digo:

– Ele não tem eletricidade, nem telefone, nem voz. Quer dizer, não uma voz normal. Ele fez uma traqueostomia.

O oficial da polícia estuda o Homem do Arbusto por um minuto, depois vem navegando o corpo musculoso até mim:

– E você é...

Marissa dá um salto.

– Ela é minha irmã, lembra? A menina que o encontrou.

Dot olha para Marissa e depois para mim, e dá para perceber o que ela está pensando: *Sua irmã?*

Então, a razão da mentira da Marissa vem andando pelo corredor. O Grosseirão, o Policial Borsch.

Ele não gosta muito de mim. A história é longa, mas digamos que se ele tivesse que escolher entre ganhar na loteria e me atropelar com sua viatura, ele optaria por me achatar no meio da rua.

Faço o possível para evitar encontrá-lo nas ruas, mas ali estava eu, de pé, no paraíso dos vampiros, com meu grande amigo, o Policial Borsch. Torci para que ele não me reconhecesse, porque minha cara estava pintada de verde, mas ele dá uma olhadinha e diz:

– Ah não! Você de novo!

Eu lhe dou meu melhor sorriso de Monstra do Pântano.

– O senhor tirou as palavras da minha boca.

Os olhos imensos de Dot aumentaram ainda mais. Ela sussurra:

– Sammy!

Exatamente como faria minha avó se estivesse conosco.

Ele me ignora e vira-se para o policial.

– Não tem nada lá fora... e se tiver, não vai dar pra descobrir coisa alguma no meio dessa bagunça.

Depois ele diz ao Homem do Arbusto:

– O senhor vai conseguir responder umas perguntas ou não?

O Homem do Arbusto levanta um dedo para lhe dizer que espere um minuto, depois vai até uma escrivaninha e começa a remexer nas coisas.

Quando ele volta, traz algo que se parece com um barbeador elétrico. Ele senta na cadeira, depois põe o aparelho na garganta e dela saem palavras:

– Por favor, sentem.

Não era mais o mesmo grunhido de antes. A voz agora soava com um zumbido mecânico. E, embora as palavras saíssem mais rápido agora do que antes, ainda era bem difícil compreendê-las.

O Policial Borsch senta-se e diz:

– Então, lá vou eu ter que lidar com você de novo: minha dor de cabeça preferida!

O Homem do Arbusto aperta o botão do aparelhinho e diz:

– Não fale com ela desse jeito!

Depois, ele olha diretamente para mim e sorri. Não era aquele tipo de sorriso que mostra os dentes e faz o olho brilhar um pouco. Era mais como se ele estivesse tentando lembrar-se de como fazer um gesto do qual se esquecera havia muito tempo. Os cantos da boca dele se retorceram um pouco, e os olhos continuaram tristes, mas, por um segundo – isso eu sei, ele deu um sorriso.

Retribuo o sorriso, porque mesmo que seja o Homem do Arbusto, estou começando a gostar dele.

Ele diz:

– Qual é o seu nome? Creio que preciso lhe agradecer.

Ele não estava falando muito rápido, mas alguns sons faltavam em suas palavras, então demorou um pouco para compreendê-las.

– Sammy. Samantha Keyes.

Ele estende a mão.

– Sou Chauncy LeBard. Pode me chamar de Chauncy.

Bem, o que será que o Homem do Arbusto tinha a ver com um nome tipo *Chauncy* é um mistério pra mim, mas tudo bem. Eu me inclino na direção dele e apertamos as mãos.

– Oi, Chauncy.

O Policial Borsch revira os olhos:

– Tudo bem, tudo bem, vamos andar logo com as coisas.

Ele abre sua caderneta e começa a rabiscar. Quando termina de anotar o nome Chauncy, o endereço e todas essas coisas, diz assim:

– Tudo certo, senhor LeBard, as garotas me disseram que o encontraram inconsciente naquela cadeira. Diga o que foi que aconteceu.

Chauncy olha para mim e zumbe as palavras:

– Quando fui abrir a porta, um cara vestido com uma fantasia de esqueleto invadiu a casa. Lutamos um pouco, mas ele me atirou contra a parede. A última coisa de que me lembro é de a vela ter voado da minha mão.

Eu lhe pergunto:

– Então você não se lembra de o homem ter tentado amarrá-lo?

Ele faz que não com a cabeça.

– E a máscara de Frankenstein?

Ele dá de ombros e novamente nega com a cabeça.

– Talvez ele tenha me colocado uma venda nos olhos?

O policial o encara e diz:

– O que você quis dizer com fantasia de esqueleto?

Ele não fez essa pergunta para mim, mas respondi assim mesmo:

– É uma fantasia que cobre o corpo inteiro, tipo roupa de Homem-Aranha – mas é que, à noite, os ossos brilham no escuro.

O policial dá um sorriso de "obrigado-e-agora-cale-sua-boca", vira-se para Chauncy e lhe diz:

– Qual era a altura, o peso, a idade da figura? Você consegue me dar alguma outra informação?

Chauncy fica pensativo por um minuto.

– Um metro e oitenta, talvez noventa, talvez setenta, não sei ao certo. Não tenho ideia da idade do sujeito.

O oficial toma notas, depois diz:

– Ele falou alguma coisa?

– Nadinha.

Marissa, Dot e eu trocamos olhares.

– Ele falou conosco!

O homem não pode nos ignorar, mas ele me pergunta algo? Não. Ele se dirige a Dot.

— O que foi que ele disse?

Dot fica piscando porque ela não esperava ter que falar de verdade com o policial. Ela guincha:

— "Saia da frente!"

Depois limpa a garganta e repete mais alto:

— Ele disse: "Saia da frente!"

O policial franze a testa e diz:

— Pela voz dele, dá pra adivinhar a idade do sujeito?

— Não sei, não. Talvez uns dezoito anos?

O policial consente com a cabeça e diz:

— Faz sentido.

Como se ele soubesse o tempo todo que aquilo era coisa de garoto metido a punk a fim de detonar durante o Halloween.

Estou olhando para Marissa e ela para mim; estamos fazendo caretas porque achamos que a idade de dezoito anos não tem nada a ver. Mas não queremos falar isso, porque se dissermos "Dezoito anos? Tá louca?" ficará bem chato para a Dot.

Acho que Dot reparou em nossas caras porque disse assim:

— Vocês não acham isso? Marissa? Sammy?

Marissa dá de ombros.

— Achei que o cara tinha uns vinte e cinco anos.

Olho para ela e digo:

— Vinte e cinco? Achei que seria pelo menos trinta e cinco!

O policial levanta as mãos ao ar.

– Ótimo! Meninas, vocês estão me ajudando muito!

Depois, ele revira os olhos como se fôssemos um bando de malucas.

Durante todo esse tempo, o Bombado ficou parado, empurrando as cutículas com o dedão, balançando de um lado para o outro como se estivesse dentro de um barco. Ele ergue os olhos no meio desse balanço e diz a Chauncy:

– Por que o senhor abriu a porta? O senhor não parece ser do tipo que gosta de brincar de Dia das Bruxas.

Chauncy responde com sua voz mecânica:

– Você está certo. Normalmente eu não atendo à porta. Em geral dou com um bando de crianças que batem e saem correndo, mas este cara ficou dando tantas pancadas na porta que achei que poderia ser algo importante.

O policial pergunta:

– O que está faltando? Sua carteira? Algo mais?

Chauncy consente com a cabeça.

– Minha carteira e um par de castiçais de estanho... E não sei o que mais. Ainda não pude verificar.

O policial pergunta:

– Estanho? Isso não é um tipo de lata?

Como se Chauncy tivesse se referido a um saco de lixo desaparecido.

Chauncy dá de ombros.

— Vai ver ele pensou que era prata.

O policial não poderia ter concordado com a cabeça ou dito "Pode ser", ou algo assim? Mas o que é que ele faz?

Ele dá um sorriso estúpido para Chauncy e diz:

— Talvez.

Como se estivesse tomando chá com bolinho no lugar de um depoimento. E antes que Chauncy consiga perceber que a fina flor da cidade está ali, fazendo pouco dele, o policial diz ao Bombado:

— Keith, acho que poderíamos dar uma investigada. Senhor LeBard? O senhor poderia nos mostrar a casa?

O Homem do Arbusto se levanta e, enquanto o Bombado e o policial estão tirando as lanternas do cinto, Chauncy está examinando o lugar para ver se falta alguma coisa. Percebo que ele não tem lanterna, então lhe dou a minha e digo:

— Pronto!

Novamente, o mesmo sorriso estranho, mas, dessa vez, os cantos de sua boca se curvam mais e ele balança a cabeça me agradecendo. E estou quase indo atrás deles quando Marissa me agarra por um braço e Dot pelo outro. As duas começam a sussurrar rapidamente, dizendo que os garotos da escola não vão acreditar quando souberem que passamos o Dia das Bruxas na Casa do Arbusto, que encontramos o Homem do Arbusto e salvamos a vida dele e como eu apertei sua mão e todas essas coisas. Elas não param de falar, mas logo começo a pensar em outra coisa. Pego emprestada a lanterna de Marissa e vou até a mesa onde Chauncy ficou praguejando.

Ilumino a mesa com a lanterna e claro que há poeira por toda a parte. Exceto por dois cantinhos que estão limpos. Fico de pé, pensando que parece que alguém desenhou dois sinais no meio da mesa, nisso, Marissa chega e diz:

— O que você está fazendo?

— Só dando uma olhadinha.

Caminho pelo quarto, vendo se encontro outros castiçais, pensando por que o Homem Esqueleto apanhou aqueles e não outros.

Marissa e Dot me seguem, perguntando:

— O que é que você está procurando?

Eu respondo:

— Não sei direito.

Porque não sei mesmo. Estou só dando uma olhada.

Verifico o resto dos castiçais, depois algumas canetas e um relógio antigo em cima da escrivaninha. Estou começando a iluminar uma estante quando o policial e o Bombado voltam. Eles se despedem e nos dizem para procurá-los se precisarmos de alguma coisa – como se Chauncy pudesse fazer isso sem telefone – e depois o Bombado nos diz:

– Andem, mocinhas, acabou a festa.

Então caminhamos até a saída e, quando chegamos à porta da frente, pego de volta minha lanterna e digo:

– Até logo, Chauncy!

Ele murmura:

– Até mais.

Mas agora sem sorrir. Nem um pouquinho.

A porta se fecha logo em seguida, estamos iluminando o caminho de entrada com nossas lanternas. Arbustos nos cercam de novo. Quando chegamos à calçada, o policial me diz:

– Fique longe dessa história, está me ouvindo?

Viro-me para ele e dou um sorriso. Só faço isso mesmo, dou um sorriso. E o que é que ele faz? Ele me agarra pelo braço, para bem diante de mim e fala de um jeito embolado. O policial não chega realmente a dizer nada – ele só enrola as palavras. A cara dele vai ficando cada vez mais avermelhada, ele dá a impressão de que vai começar a bufar e a pisar duro no chão, mas daí abaixa os braços e vai embora marchando. Assim mesmo.

O Bombado olha para trás, mas depois acompanha o colega. E enquanto nós três ficamos de pé, no meio do túnel, não consigo parar de pensar em Chauncy e no Homem Esqueleto e na máscara de Frankenstein. Por que raios alguém roubaria o Homem do Arbusto? Quem passaria por tudo isso para pegar a carteira dele e um par de castiçais? O que será que o cara estava pensando?

Não tenho muitos elementos para analisar, mas meu cérebro finge que sim. Enquanto observo o carro-patrulha afastando-se, tenho a desagradável sensação de que este não seria meu último encontro com o Policial Borsch.

Ele terá que me aguentar outra vez.

QUATRO

Nove e trinta pode não parecer um horário ruim para voltar para casa, mas, tente entender, meu combinado com Vovó é sempre voltar às nove. Então atrasar meia hora é tipo atravessar a rua com o sinal vermelho – a gente já sabe que vai ouvir buzina alta, e não interessa pra que lado você vire, dá problema.

Eu tinha subido pela escada de incêndio, como sempre faço quando volto para casa de noite. Mas, desta vez, não estava realmente pensando na possibilidade de ser apanhada pela senhora Graybill e expulsa do prédio – na minha cabeça, a senhora Graybill já estava dormindo profundamente. Estava com medo é de que a Vovó me pusesse para fora antes que eu pudesse explicar-lhe tudo.

Então, nem sequer verifiquei se a senhora Graybill estava acordada. Passei correndo pelo corredor a toda a velocidade. E, quando virei no canto, dei com ela parada na frente de seu apartamento, abrindo a porta. Nisso, a primeira coisa que fiz foi engasgar.

Não sei como. Eu não estava comendo doce nem nada. Só engasguei. Lá estava eu, tossindo sem parar, tentando imaginar por que a senhora Graybill estava com um vestido que parecia um furacão cor de mel no lugar de seu roupão rosa de sempre, e meu cérebro não conseguia inventar nenhuma mentira decente que explicasse por que eu estava visitando minha avó às dez da noite com um saco de doces na mão e a cara toda pintada de verde.

Quando finalmente parei de tossir, vi a senhora Graybill ali parada, as mãos na cintura:

– Aposto que a Rita está precisando de uma recarga de açúcar, não é mesmo?

Dou um jeito de falar esganiçado:

– Rá! Rá! Essa é boa!

Depois olho para ela e percebo que está com o rosto esverdeado e cheio de verrugas quando digo:

– Esqueci meus livros da escola.

Toco a campainha e fico olhando para ela como se estivesse realmente fazendo a coisa mais certa do mundo. Vovó abre a porta e digo bem alto:

– Feliz Dia das Bruxas, senhora Graybill! – depois entro no apartamento.

Agora, a senhora Graybill não vai se enfiar debaixo das cobertas de sua cama. Ela vai pendurar seu vestido amarelo-vivo, calçar meias grossas, vestir seu velho roupão rosa e aguardar. E se eu não sair do apartamento da Vovó em poucos minutos, ela vai chamar o senhor Garnucci para atormentar a Vovó e eu. Ou então ela vai chamar a polícia de novo, e, para meu azar, o Policial Borsch virá tomar o depoimento.

Então, na hora em que entro, digo:

— Vovó, desculpe meu atraso, mas aconteceu uma emergência.

Depois, conto-lhe tudo o que houve na Casa do Arbusto, o negócio do incêndio, da máscara, a história de Chauncy e do Policial Borsch.

Fico falando o tempo todo e a Vovó não diz nada. Ela permanece sentada, olhando para mim, de olhos cada vez mais arregalados, e quando termino, ela solta um grande suspiro e diz:

— Como é que você consegue se meter nessas coisas?

Depois, ela diz:

— Chauncy? LeBard? Parece um nome britânico e bem aristocrático.

Ela se vira e murmura:

— Certamente não é o nome que eu imaginava para o Homem do Arbusto.

Eu me atiro sobre o sofá.

— Então a senhora realmente já ouviu falar dele.

A Vovó alisa a saia.

— Só ouvi fofocas, e fofoca é veneno. Não é uma coisa boa para se sair espalhando por aí.

Tenho vontade de dizer: "Conte para mim! Conte tudo o que a senhora sabe!" Mas só de olhar para o jeito do queixo dela, eu sabia que ela não me daria veneno para beber. Encarei-a e disse:

— A senhora sabia que ele fez uma traqueostomia?

Ela abaixa um pouco o queixo e sua cabeça balança, concordando.

— A senhora sabia que na casa dele não tem eletricidade?

Ela tira os óculos do nariz e limpa as lentes com a bainha da blusa.

— Não! Eu só tinha ouvido falar que ele enlouqueceu depois da morte da mãe. Pronto. Ficou satisfeita?

Ela recoloca os óculos.

— Também ouvi dizer que ele é perigoso — e obviamente instável. Você ter ido à casa dele esta noite...

Ela levanta as mãos ao ar e diz:

— Samantha, por que você teve que entrar? Por que você não chamou os bombeiros e ponto final?

Eu estava para contar à Vovó que ela também teria entrado se tivesse visto o incêndio, mas ela se levanta e diz:

— E o que é que vamos fazer com a Daisy? Agora nós vamos ter que sair, mas está ficando tarde, e sabe-se lá quanto tempo mais ela vai ficar esperando.

Olho para minha avó em dúvida.

— A senhora quer que eu vá até a casa de Marissa?

— Não, não, fica longe demais.

Ela pensa um pouco.

— E a Dot? Você acha que ela se importaria?

— Ela tem milhões de irmãos e irmãs, e todos eles moram numa casa tão pequenina.

— Pequenina?

– Sim, e ...

Vovó fecha os olhos e balança a cabeça.

– Deixa para lá esse negócio de casa. Acho que então está fora de questão, certo?

– Isso. Mas e a casa do Hudson?

– A casa dele?

– Claro! A casa é enorme, com um sofá imenso, e eu sei que ele não vai se importar.

Ela fica pensando por um minuto, depois solta um suspiro profundo e vai até a cozinha dar um telefonema. Num minuto, lá estou eu indo para a casa do Hudson com minha escova de dentes e uma troca de roupas enfiada na mochila.

A senhora Graybill está realmente nos vigiando, mas finjo que não percebo. Despeço-me da Vovó e digo:

– Desculpe por ter esquecido os livros! Até amanhã! – e saio correndo.

Hudson Graham deve ter uns setenta e dois anos de idade, mas se não fosse pelos cabelos totalmente brancos e as sobrancelhas espessas, seria fácil esquecer que ele tem tanta idade, e que está bem longe de se aquietar. Na verdade, ao lado dele, a gente tem sempre a impressão de que muito agito está para acontecer.

Quando cheguei à casa, Hudson estava sentado no escuro, na varanda, tomando chá gelado, pensativo. A gente sempre percebe quando ele está pensando porque ele põe os pés sobre a grade da varanda, cruza os tornozelos, e fica dando batidinhas nas pontas das botas, como se estivesse ouvindo música. E como suas botas estão batendo bem rápido, eu sabia que ele estava pensando bastante.

Ele também não deu um salto quando me viu chegando pela calçada. Só apanhou a jarra, serviu um pouco de chá para mim e disse:

— Olá, Sammy. Sente aí.

O que eu queria mesmo era tomar um banho de chuveiro. Um banho bem longo, quentinho. Estava cansada de ser a Monstra do Pântano, estava enjoada do cheiro de spray no cabelo, e sentia frio. Mas eu podia perceber, pelo jeitinho das botas dele batendo uma na outra, que teria que ficar sentada ali, toda verde e melecada, até que ele me contasse uma história inteira.

Esperava que ele entrasse logo no assunto, perguntando para mim o que eu andava fazendo, por que eu tinha entrado na casa dos outros e todas essas coisas, mas não, ele disse:

— Então, você conheceu o Chauncy, não é mesmo?

Hudson balança um pouco, depois sopra longe uma mariposa que está flutuando em volta de sua bota.

— Eu também o conheci. Há muitos anos.

Ele balança a cabeça sentado na cadeira e diz:

— Ele gostava de ficar sentado aqui, conversando sobre política comigo.

— Você está brincando! Como foi que se conheceram?

Hudson solta uma risadinha.

— Fiz um curso noturno na universidade... ele era o orientador.

— Chauncy era professor?

— Isso mesmo. E dos bons. Dava aulas de ciências políticas. Os garotos o adoravam. Ele falava muito bem e era ótimo no debate. Um verdadeiro defensor das causas liberais.

— Então, o que foi que aconteceu?

Hudson balança a cabeça.

— Não sei direito. Tem algo a ver com a morte da mãe dele. Chauncy cuidou dela até o dia em que ela morreu e, quando foi lido o testamento, Chauncy acabou herdando tudo.

— Ele tinha mais parentes?

— Um irmão.

— E ele não ficou com nada?

— Nadinha. Nem mesmo Chauncy conseguiu compreender. Ao que tudo indica, a senhora LeBard estava irritada com o filho e não gostava da mulher dele. Courtney parecia ser uma ótima moça para todo mundo, mas, pelo que sei, nem mesmo uma santa teria sido suficiente para a sogra.

— Como assim?

— Quem é que sabe? Sempre imaginei que ela tivesse dificuldade em se separar do filho.

Ficamos sentados durante um minuto, e, finalmente, perguntei:

— Então, onde foi parar esse irmão?
— Ah, ele ainda vive na cidade, lá pelos lados de Morrison. O cara é muito teimoso. Ele responsabiliza Chauncy por tudo: pela herança, até mesmo pela morte da mãe.
— Há quanto tempo morreu a mãe de Chauncy?

Hudson solta um suspiro profundo.

— Deve ter sido há uns dez anos. Depois disso, ele parou de me visitar e, logo em seguida, deixou de cuidar do jardim. Eu tinha o hábito de ir até a casa dele oferecer ajuda, mas ele não aceitava e, depois de um tempo, parou de atender à campainha.

Nisso, ele me diz bem rapidamente:

— Eu não sabia que ele tinha feito uma traqueostomia.

Nós dois ficamos olhando um pouco para as estrelas.

— A Vovó diz que ele é perigoso... no mínimo, um pouco instável.

Hudson atira a cabeça para trás e dá risadas.

— Rita disse isso a você?

Ele respira fundo e alisa uma sobrancelha.

— Chauncy é frágil. Um cara brilhante, mas frágil. Ele é um homem honrado. Prefere morrer a machucar alguém.

Sorri para mim e diz:

— Vou precisar falar com sua avó sobre suas fontes de informação.

Hudson volta a fitar o espaço, e eu estou quase implorando para tomar um banho, quando ele diz bem suavemente:

— E como ele está se dando na vida?

Bem, por alguma razão, não sinto vontade de dizer-lhe que seu amigo brilhante e honrado vive feito um rato no Paraíso dos Vampiros, então eu meio que gaguejo:

— Hum, há...

Hudson balança a cabeça.

— Rita me disse que ele não tem eletricidade, nem telefone? Não consigo imaginar! Aquela casa chacoalhava ao som de Beethoven e Tchaikovsky. Dava pra sentir o aroma do café saindo da cafeteira. Como é que ele prepara o café agora? Chauncy sem tomar café... Não dá para imaginar! E nessa época do ano... Ele deve estar congelando.

Agora estou sentada batendo os dentes de frio. Hudson vira para mim e diz:

— Você está com frio? Você não quer trocar essa roupa?

Dou risada e faço que sim com a cabeça, tudo ao mesmo tempo.

Depois de meu banho, Hudson traz para mim chocolate quente e me leva até o sofá.

Quando ele vai embora, arrumo novamente as almofadas, apago a luz e fico sentada ali, enrolada no cobertor, tomando a bebida e pensando em Chauncy.

Mas, quando meus olhos se habituam ao escuro, começo a me sentir muito desconfortável. Veja, a sala de Hudson, na verdade, é uma biblioteca. E não estou falando de um monte de enciclopédias, um ou dois dicionários. Estou falando de biblioteca mesmo. Ele tem prateleiras que cobrem toda a parede, e sempre que faço uma pergunta que ele não consegue responder, entramos na sala para encontrar um livro que nos dê a resposta.

Sempre adorei entrar na sala para observá-lo procurando informações, mas ficar sentada no escuro, cercada de livros, subitamente fez com que eu me sentisse como se estivesse passando a noite no Paraíso dos Vampiros.

Levo um tempo para tirar essa sensação de medo, e a última coisa da qual me lembro antes de adormecer é "Por que alguém haveria de querer roubar um homem que parece não ter nada?" Nada além de livros.

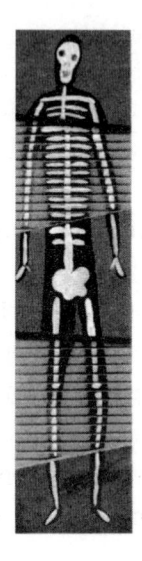

CINCO

Hudson não me acordou de manhã; sua comida sim. Eu podia sentir o aroma do toucinho fritando e ouvir o barulhinho dos ovos na frigideira. Para dizer a verdade, isso me tira da cama muito mais rápido do que um prato de cereais no café da manhã. E só foi depois de ter comido três ovos, seis pedaços de toucinho e duas torradas que reparei no relógio da parede.

Dei um salto:

– Caramba! Estou atrasada!

Hudson olha por sobre o ombro e diz:

– Você ainda tem vinte minutos!

– Vinte minutos! Levo mais do que isso para chegar à escola.

Agora, uma parte de mim pensa que a desgraça já aconteceu. Serei repreendida pelo vice-diretor por ter chegado atrasada, ponto final. Mas, mesmo assim, corro pela sala, enfio minhas roupas de escola, passo uma escova nos cabelos, porque estou achando que talvez, por acaso, eu consiga chegar na hora.

Empurro o sofá para trás e enfio minha tralha na mochila, nisso, Hudson entra na sala e diz:

— Já preparei seu almoço e Jester está lá na frente esquentando o motor. Venha quando estiver pronta.

Paro de encher a mochila.

— Você vai me dar uma carona?

Hudson sorri:

— Pode apostar.

Jester parece um carro novo em folha porque está tão brilhante, mas dou uma olhada e sei que ele é bem velho. É um longo rabo de peixe, de rodas brancas, com uma direção que parece um mamute de tão pré-histórica. E é cor de lavanda. Hudson insiste que a cor é "rosa siena", mas, pode acreditar, aquilo é lavanda.

Foi muito divertido ir à escola no carro de Hudson. Sempre que ele parava no sinal, as pessoas davam uma olhada no carro, ou cutucavam quem estivesse ao lado, apontando para nós, e quando entramos no estacionamento da escola, muitos garotos vieram me dizer:

— Que carro mais legal!

Então, o dia teve um bom começo, mas então quem é que chega de fininho atrás de mim? Heather Acosta e seu bando de amigas. E o que é que diz Ruiva, a Rude?

— Quem é esse aí? Seu pai?

Depois, ela se vira para as colegas e todas saem rindo feito um bando de hienas.

Fico louca para mandá-las a um inferno bem fundo e horroroso, mas, no lugar disso, viro-me e saio em direção à entrada. Heather me acompanha de perto, imitando o meu jeito, para que suas amigas continuem a dar risadas.

Tento ignorá-la, mas estou ficando cada vez mais braba, louca para me virar e empurrá-la para bem longe. Então, ela aproxima-se e diz:

– Seus tênis são simplesmente divinos. De um verde tão reluzente! Ah, conte pra gente! Onde foi que você os comprou?

Caminho cada vez mais rápido, pensando como meus tênis de cano alto devem parecer tão ridículos pintados de verde, mas eles são os únicos que tenho, e não deu tempo de lavá-los, então, o que posso fazer? Estou quase lhe dizendo para calar a boca quando, de repente, os olhos dela se arregalam e a garota começa a dar risadinhas. Depois ela simplesmente se afasta. Do nada.

Olho ao meu redor, no pátio, para descobrir do que Heather está rindo, e vejo Amber Bellows caminhando na minha direção feito um míssil. E uma coisa eu digo: ela é louca. Eu me afasto porque não quero ficar no caminho dela. Quer dizer, eu conheço Amber porque ela é a chefe das líderes de torcida e representante da oitava série, mas Amber não tem ideia de quem eu seja, então imaginei que ela não estivesse zangada comigo.

Cara, como estava errada. Ela chega até mim bufando pelas narinas, joga os longos cabelos castanhos para trás e diz:

– Pare de ficar incomodando ele, está me ouvindo? Já aguentei demais! Isso não tem graça, ele nem é bonito!

Aponto para mim mesma e pergunto:
— Eu? Incomodando quem?
Ela vira mais um pouco a cabeça.
— É, certo! Até parece que você não sabe de quem estou falando!
O pescoço dela se estica e a garota fica parecendo um urubu.
— O Jared! Você se lembra do Jared? O amor da sua vida? O garoto por quem você morre de paixão? Aquele que balança seu coração?
A essa altura a escola inteira estava observando a cena e me sinto superconstrangida. Quer dizer, Jared Salcido é uma gracinha, mas, para mim, ele é um ser de outro planeta, e está na cara que ele não era um garoto em quem eu pensaria tanto a ponto de fazer meu coração balançar. Além disso, sempre pensei que Amber e Jared formavam o perfeito casal careta, então aquela conversa toda me deixou completamente confusa.
Finalmente, consegui dizer:
— Amber, acho que você está falando com a pessoa errada.
Ela ri, joga de novo o cabelo para o lado.
— Você não é a Sammy Keyes?
Faço que sim com a cabeça bem devagarzinho.
— Então pare de telefonar para ele. Você está sendo ridícula!
E ela está a ponto de ir embora, mas não aguenta. Amber, a aluna mais premiada da escola, diz:

– Lindos os seus tênis – depois ri e sai andando.

Durante todo o tempo em que Amber gritara comigo, as pessoas que nos circulavam faziam silêncio. Um silêncio mortal. Mas, no minuto seguinte após a saída dela, todos começaram a falar e a sussurrar, dando risadinhas. E eu fico ali, como se tivesse caído de um carrossel, quando Heather passa caminhando com suas amigas e cantarola:

– Sammy gosta do Jared, Sammy gosta do Jared!

Eu teria me virado e voltado para casa na mesma hora se Marissa e Dot não tivessem vindo correndo me perguntar:

– O que foi que aconteceu?

Respondi:

– Não sei.

Depois lhes conto tudo o que Amber dissera.

Quando termino, Marissa balança a cabeça e sussurra:

– Isso é tão esquisito.

O sino toca e Dot diz:

– Não se preocupe com essas coisas, Sammy, vou tirar tudo a limpo.

Caminhamos até nossos armários e, enquanto ouvimos as instruções da diretora que são transmitidas pelo alto-falante, pegando nossos livros e nos aprontando para ir à classe, Heather passa bilhetinhos e os outros garotos estão cochichando. Eles sussurram e apontam para mim.

Marissa me dá um bilhete que diz assim:
POR QUE VOCÊ NÃO LAVA ESSE TÊNIS?

Quero lhes contar sobre a senhora Graybill, ou que dormi na casa de Hudson e perdi a hora, mas não posso. Só consigo ficar sentada na sala cheia de garotos que acham que tenho tênis horríveis ou que sou apaixonada por Jared Salcido, enquanto o resto da escola faz fofocas sobre mim. E o que eles estão dizendo é:

– A Sammy? Você não sabe quem é? É fácil, ela é a garota de tênis verde!

Então, sofri durante a primeira aula, depois, levei meus tênis verdes até a aula de inglês, onde a senhorita Pilson resolveu passar o tempo todo falando sobre a grande reunião que deveríamos fazer na lanchonete, na próxima semana. Normalmente ela não daria a menor bola para essa coisa de reunião – eu já a vi bater papo com a professora de arte, a senhorita Kuzkowski, durante uma reunião inteira.

Mas ela estava interessada nesse encontro em especial porque tinha a ver com inglês. Um professor dela, da faculdade, escrevera um livro sobre um fazendeiro do interior e ela o convidara para dar uma palestra a respeito. Então, tem sido um tal de Professor Yates isso, Professor Yates aquilo há semanas e, realmente, parece que ela está totalmente apaixonada por esse escritor que inventou uma história sobre um lavrador.

Depois da aula de inglês, fui para a de matemática e comecei a escrever um bilhete para Marissa – não conseguia me concentrar no que o senhor Tiller estava fazendo. O problema é que ele percebeu isso.

Sou capaz de responder a qualquer pergunta que ele faça e, normalmente, o senhor Tiller não tem que se preocupar se estou escrevendo bilhetes enquanto ele dá uma explicação. Então, talvez seja por isso que ele ficou meio que me observando, meio que torcendo o bigode, enquanto eu lhe dava um meio sorriso com cara de culpa.

Todo mundo gosta do senhor Tiller. Ele é jovem e engraçado e inteligente, e metade das garotas da escola tem uma queda por ele. O único problema é que ele exibe as notas. Ele as fixa no mural de boletim para que todos possam vê-las e as deixa assim dias a fio.

O senhor Tiller não colocou minha nota. Ele nem sequer me avaliou. Disse apenas:

— Sammy, me dê o fator primo de 357. — E me passou o giz.

Olhei para ele e disse:

— Não posso fazer o cálculo na minha mesa?

Porque eu não queria ficar de pé na frente da classe com meus estúpidos tênis verdes. Ele só me deu o giz e aquele olhar de "venha aqui agora".

Então, lá fui eu, e é claro que os garotos deram risadinhas. Fico de pé, tentando resolver o problema sem conseguir quando o senhor Tiller diz suavemente:

— Dá para dividir por dois?

Faço que não com a cabeça.

— Três? Será que os dígitos somam um múltiplo de três?

Concordo com a cabeça, eu só precisava disso. Desenvolvo o problema e escrevo 3 x 7 x 17, depois volto ao meu lugar.

Bobby Krandall inclina-se e diz:
— Belos tênis!

Digo:
— É. Eles combinam com o ranho do seu nariz — Mas, na verdade, sinto vontade de vomitar.

Tinha a esperança de que restariam alguns minutos no fim da aula para que eu pudesse sentar com Marissa, mas o senhor Tiller falou até a hora de tocar o sinal e, quando isso aconteceu, ele passou o dever de casa. Então ele disse:
— Posso falar um minutinho com você, Samantha?

Fiquei ali, quieta, enquanto todo mundo saía. E enquanto o senhor Tiller foi apagando o quadro-negro disse:
— Eu sei que isso não é da minha conta, Samantha, mas eu ouvi um boato antes da aula...

Ele se vira e olha para mim, e eu só quero abaixar a cabeça e chorar. Ele se aproxima e diz:
— Samantha, veja, talvez nós pudéssemos conversar com alguém. Um dos orientadores? Pode ser que eles nos ajudem. Detesto ver como essa fofoca está afetando seu trabalho.

Levanto-me e digo:

– Mas, senhor Tiller, não é verdade. Nunca falei com o Jared Salcido na minha vida. Eu não sei por que isso está acontecendo.

O senhor Tiller parece muito surpreso.

– Não é verdade?

Os garotos da próxima aula já estão chegando, e eu não vou ficar ali tentando convencê-lo. Digo apenas:

– Não é verdade, não! – E vou embora.

Durante toda a aula de história, fico morta de vontade de falar com Marissa, mas o senhor Holgartner me mandou sentar no outro canto da sala porque eu vivia conversando na hora em que ele passava filmes, então fico ali parada tentando entender tudo aquilo. Alguém estava telefonando para o Jared e, com certeza, não era eu.

E quanto mais eu pensava no assunto, mais achava que tudo isso tinha a ver com Heather. Quer dizer, por que ela arregalou os olhos quando viu Amber Bellows andando na nossa direção? Parece que ela sabia. E quanto mais eu pensava no assunto, mais convencida ficava de que era a Heather que andava telefonando para Jared fingindo que era eu e dizendo a ele as coisas mais estúpidas e constrangedoras que se podia imaginar.

Depois que descobri isso, parei de me sentir tão mal. Fiquei louca da vida. Não era uma raiva insana, mas um tipo de loucura quente e suave. E, subitamente, meus tênis perderam toda a importância. Eles eram verdes. E daí?

Sequer ouvi o sinal de hora do almoço. Permaneci sentada, tentando imaginar um jeito de me vingar da Heather por ter me transformado na piada da escola.

Finalmente, Marissa chega e diz:

– Sammy, ande. Vamos.

Caminhamos até a fila do almoço, mas não me sinto mais feito peixinho num tanque de tubarão, então digo:

– Encontro vocês no pátio, tudo bem?

Marissa me diz:

– Sammy, venha comigo. Eu *tenho* que falar com você.

Olho para ela e falo:

– Qual é problema?

E enquanto a acompanho pela fila, ela cochicha:

– Mickey contou tudo.

Para quem conhece Mickey, sabe que isso não é nenhuma novidade. Mickey, o irmão caçula mais irritante que alguém pode ter, e sua especialidade é dar com a língua nos dentes. Então, solto uma risadinha e digo:

– Contou o quê?

Mas fico pensando que tenho problemas bem mais sérios do que este.

Ela olha para mim.

– Contou do suéter.

– Que suéter?

— Aquele verde. Você sabe, o suéter da Monstra do Pântano.

Olho para ela, pensando que a última vez em que vi o suéter ele estava no meio de um monte de cinzas, com um jeito bem esturricado.

— Mas você me disse que sua mãe nunca usa aquele suéter!

Marissa apanha uma bandeja.

— Ela não usa mesmo, mas agora ela fica dizendo que adora aquela malha, e acontece que é um Louis d'Trent.

— Um Louis o quê?

— Não tem importância. O problema é que aquele treco estúpido vale quinhentos paus.

Quase desmaiei. De verdade. Quer dizer, lá fui eu, andar pela cidade inteira fantasiada de Monstra do Pântano num suéter Louis Fru-Fru, gostando dele porque era horroroso. E, no final, queimei... sei lá, cem dólares por hora de uso?

Peguei-a pelo braço:

— Você já contou pra sua mãe?

Marissa cochicha:

— Eu lhe disse que ainda estava com o suéter e que o devolveria no final da semana.

— Você lhe disse o quê? O treco está todo queimado, Marissa! Eu o joguei no fogo, lembra?

Ela faz que sim com a cabeça, paga pelo almoço e diz:

71

— Eu estava pensando que talvez a gente pudesse lavá-lo, sei lá. Quer dizer, não queimou totalmente, não é? Não pegou fogo nele inteiro. Talvez só esteja um pouco sujo.

Ergo as mãos para o ar.

— Não é preciso um incêndio para queimar um suéter! Além disso, ele provavelmente já foi parar no lixo!

Marissa diz:

— Por favor, Sammy. Pelo menos, vamos até a Casa do Arbusto tentar encontrá-lo. Ele vale quinhentos dólares! Como é que a gente vai conseguir esse dinheiro?

Pensei no caso e disse:

— Tudo bem. Vamos. Logo depois da aula.

E, enquanto caminhamos pelo pátio, eu lhe digo:

— Você vem comigo, certo?

Mesmo andando, Marissa consegue fazer sua dancinha maluca. E como perguntei sobre a Casa do Arbusto, ela começa a se contorcer. Eu a encaro e digo:

— Deixa pra lá, Marissa. Tudo bem. Vou sozinha.

O Passo McKenze fica mais rápido.

— Eu vou. Vou mesmo. Mas é que aquele lugar me dá arrepios.

Dou risada e digo:

— Depois de hoje, até a Casa do Arbusto vai parecer aconchegante.

Subitamente, Marissa se esquece do suéter.

— Está certo! O que será que está acontecendo?

Ela olha para mim como se sentisse medo de dizer algo.

– As pessoas não falam de outra coisa.

Vejo Dot balançando seu refrigerante para chamar nossa atenção lá no pátio, então eu meio que conduzo Marissa na direção dela, e quando estamos sentando, cochicho:

– Acho que descobri tudo!

– Sobre a Amber e o Jared?

– É, isso mesmo.

Eu me inclino.

– Quem é que me odeia tanto a ponto de ficar ligando para o Jared Salcido como se fosse eu? E quem faria qualquer loucura para desmanchar o namoro deles e talvez conseguir sair com o Jared?

Marissa olha para Dot e depois para mim.

– Heather?

Eu sorrio.

– Exatamente!

Ficamos todas quietas por um minuto, depois Dot diz:

– Não é possível...

Dou risada.

– Sim.

Marissa cochicha:

– O que é que vocês vão fazer?

Desembrulho meu sanduíche e dou uma grande mordida. Enquanto mastigo, sorrio. Dot e Marissa me puxam e perguntam:

– O quê? O que é que você está pensando?

– Estou pensando que um bom começo seria entrar de penetra na festinha de Dia das Bruxas que a Heather vai dar hoje à noite.

SEIS

Marissa praticamente engole seu hambúrguer. Ela olha para trás e para os lados.

– Entrar de penetra na festa dela! Você ficou louca? Ela vai expulsar você na mesma hora e passar o resto da noite falando mal e caçoando de você. Era o que faltava!

Deixo que ela pense que pirei totalmente, depois me inclino e sussurro:

– Meu plano não é ir como eu. Pensei em me fantasiar de uma coisa completamente diferente do meu jeito – tipo uma bailarina, coelhinha, sei lá – depois dizer que sou a prima da Dot que chegou de outra cidade.

É claro que eu não tinha a menor ideia de qual roupa poderia usar, ou como conseguir uma fantasia dessas – no armário da Vovó não tem nada tipo saiote de bailarina, certo? Só sei que, se conseguir realizá-la, a ideia até que é bem legal. Então, lá fico eu, sentada, olhando da Marissa para a Dot, quebrando a cabeça para inventar um disfarce para mim quando, repentinamente, ela pula no banco e diz:

– Eu sei! Eu sei!

Marissa e eu falamos:

– Do quê? O quê?

Logo nossos narizes estão quase se tocando enquanto Dot cochicha:

– No ano passado, na festa de Dia das Bruxas, fui fantasiada de bailarina! Minha mãe fez uma fantasia linda, cheia de saiotes, uma máscara lilás, com lantejoulas, estrelinhas e outros enfeites. Você pode passar batom, colocar brincos e fazer cachos no cabelo... Heather jamais vai reconhecê-la.

Marissa e eu trocamos olhares e dizemos:

– Perfeito!

Durante o resto da tarde, não consegui prestar muita atenção às aulas, nem me importei mais com o que as pessoas estavam fofocando a meu respeito. Fiquei sentada na classe, olhando adiante, pensando na festa da Heather e o que eu deveria fazer depois que passasse pela porta.

Quando as aulas finalmente terminaram, Marissa e eu voltamos para casa juntas – fui andando, enquanto Marissa me acompanhava na bicicleta, indo bem devagarzinho. E, para ser sincera, acho que ela esqueceu toda aquela história de ir até a Casa do Arbusto porque, quando chegamos ao shopping, ela disse:

– Você quer jogar videogame?

Eu só respondo:

– Não, tenho que ir à livraria. Prometi à Vovó que ia ver se chegou um livro que ela encomendou.

E realmente precisava fazer isso. Eu tinha prometido.

– Quer vir comigo?

Eu sabia que a Marissa não ia querer me acompanhar a uma livraria naquela hora. Bem, pior que isso seria ir ao Hotel Paraíso, mas isso já é outra história.

Ela diz:

– Acho que vou dar uma volta por aí. Por que você não me procura depois que terminar?

Eu quase perguntei: "Por que você não vem comigo até a Casa do Arbusto quando eu terminar?", mas, no lugar disso, eu disse: – Acho que a gente só se encontra de novo lá pelas sete, na casa da Dot, certo?

Ela acena para despedir-se de mim e grita:

– Se a gente conseguir se dar bem hoje, vai ficar na história!

Então, ela vai jogar videogames e eu subo a Avenida Broadway, passo pelo Mercado Maynard, o Hotel Heavenly, e chego à livraria do senhor Bell.

A Trocalivros não é como as outras livrarias do shopping. Ela é velha. Isso é evidente não só pelas manchas de café no estrado onde fica a máquina registradora do senhor Bell, o computador e as outras coisas, nem pelas escadas assustadoras que levam ao andar superior, cobertas por um carpete novinho em folha. Também não é por causa das intermináveis filas de livros usados, porque eles até que têm boa aparência. Não, a gente percebe que esta livraria é bem antiga por causa do cheiro dela. Não se trata de mau cheiro, é um aroma de madeira molhada misturado com grama seca. A livraria tem cheiro de antiga.

De qualquer modo, entro e espero um minuto para que meus olhos se ajustem porque está sempre escuro. Escuro e frio. Quando consigo enxergar, reparo no senhor Bell com uma caixa grande, cheia de livros, dizendo a uma mulher:

– Você pensa em levar mais livros ainda?

A mulher está usando sapatos vermelhos, de saltos altos, jeans justo, e isso já seria bem ruim, mas seu nariz pequenino, coberto de maquiagem, carrega um par de imensos óculos escuros que cobre metade do rosto dela. *Óculos Escuros*. Na Trocalivros. Ela diz:

– Só quero mais alguns e tudo bem.

O senhor Bell tira mais alguns livros da estante e os empilha dentro da caixa. Abraçando e levantando o enorme volume, diz para mim:

– Desculpe, Sammy. Volto daqui a pouco.

Depois ele sai, apertando os olhos por causa do sol, e carrega a montanha de livros até o carro da mulher.

Quando o senhor Bell retorna, está com uma cara bem detonada. Não que ele seja habitualmente animado. Está sempre com a ponta da camisa escapando da calça ou uma manga enrolada pela metade, mas acho que é o cabelo que dá a impressão de bagunça, mesmo que o restante dele pareça bem-arrumado. É como ter várias bolinhas de algodão sujo coladas nas laterais do cérebro. Não restaram muitos fios, mas os que sobraram lutam bravamente para se fazerem notar. De qualquer modo, lá esta ele de pé, piscando e eu lhe digo:

– Quem era? Ela vai mesmo ler todos aqueles livros?

O senhor Bell dá risadas:

– Não, Sammy, ela não vai ler nada. Vai usar os livros para decoração.

– Decoração? Como assim?

Ele sobe os degraus até a escrivaninha e engole o café.

– Certas pessoas acham elegante ter livros antigos nas prateleiras. Elas acham que isso lhes empresta um ar de inteligência. Para eles, um livro velho é idêntico ao outro. Não têm a menor ideia daquilo que é valioso e do que é lixo; só querem mesmo é comprar uma quantidade suficiente de livros para lhes dar uma fachada de sofisticação.

Ele dá uma mordida no bolinho.

– Essa gente só serve mesmo para me ajudar a pagar a conta da luz.

Ele estende o prato de papel e pergunta:

– Quer um bolinho?

Como se um bolinho torrado recheado de geleia fosse minha comida preferida.

Faço que não com a cabeça e digo:

– Não, obrigada. Vim apanhar o livro que minha avó encomendou. Ele já chegou?

Ele toma outro gole de café.

– Fiquei de verificar o porquê de estar demorando tanto para chegar. Eu o esperava para dias atrás. Vamos fazer o seguinte: telefono para saber do livro e depois dou um retorno a você.

Ele revira alguns papéis e diz:

– Ou você pode dar uma passadinha aqui amanhã, se quiser. Estarei na livraria durante todo o fim de semana.

Então digo "Então tá" e lá vou eu, de volta ao sol. E, realmente, queria muito esquecer toda aquela história do suéter da mãe da Marissa e da Casa do Arbusto, mas não dava. Quinhentos dólares é um dinheiro que nunca vi antes e só de pensar que usei uma roupa que custa tanto para apagar um incêndio fazia o meu estômago revirar.

Respiro fundo e ando até a Rua Orange. Enquanto caminho, reparo que há muitas casas para alugar ou vender. E começo a imaginar minha mãe voltando depois de desistir dessa história de ser estrela de cinema para arranjar um emprego de verdade e alugar uma casa para nós três. Quer dizer, já imaginou como seria legal voltar para uma casa mesmo? Sem a senhora Graybill, sem ter que subir escada de incêndio... Talvez eu pudesse ter meu próprio quarto! Seria o máximo!

E enquanto estou ocupada imaginando meu quarto e como quero decorá-lo, não reparo que o sol está desaparecendo. Estava entretida nesse sonho e, quando vi, dei por mim no meio do túnel de arbustos, e o mais engraçado é que não sentia medo. Quando me virei para ir até a entrada da Casa do Arbusto, todos aqueles galhos espinhudos não me deram medo; eram apenas galhos e espinhos mesmo. E quando passei pelo trecho em que o Homem Esqueleto nos derrubou... bem, sim, eu pensei nele, mas só por um minuto. Meu coração ainda estava batendo num ritmo normal.

Quer dizer, só até eu chegar à porta de entrada. Não sei bem por que aquela porta fez meu coração disparar. Era só uma porta. Claro que era uma porta verde e lascada, com uma caixinha de correio velha e enferrujada, mas é o tipo da porta que a gente espera encontrar numa casa cercada de arbustos.

Mesmo assim, meu coração estourava e eu sabia que, se ficasse lá um pouco mais, meus joelhos começariam a tremer, então ergui o punho e bati.

Fiquei parada ali, olhando para as lascas, enquanto aguardava. Como ninguém respondeu, bati com mais força. Depois insisti. E todas aquelas batidas pareciam aquietar o meu coração, porque eu conseguia desacelerá-lo um pouco.

E nada de alguém responder. Mas eu não podia deixar que um suéter de quinhentos dólares ficasse perdido ali dentro. E mesmo que ele estivesse completamente carbonizado, eu ainda precisava verificar. As chances de conseguir consertá-lo eram mínimas, mas as de conseguir dinheiro para pagar por ele eram nulas. Nada a ver. Fiquei um minuto ali, parada, pensando, e finalmente bati na porta com a junta do dedo. Três batidinhas rápidas, três lentas e mais três rápidas de novo. Depois repeti a mesma coisa.

Após a terceira tentativa, encostei a orelha na parede, tentando escutar se havia algum movimento do lado de dentro, imaginando que, depois de ter lido tantos livros, o Homem do Arbusto não seria capaz de reconhecer o pedido de socorro, o SOS, se o ouvisse. Foi quando percebi sua voz gutural atrás de mim.

Dei um salto, virei e praticamente caí no chão. Lá estava Chauncy, quase sorrindo.

Respiro fundo:

– Você me deu um susto!

Ele murmura:

– Desculpe. – Faz um gesto para que eu o siga.

– Você está com algum problema?

Eu o acompanho até o outro lado da casa, passando por um labirinto espesso de arbustos que dá na parte de trás. Toda hora me arranho nos espinhos, e penso se vai dar para passar por ali, mas ele vai se enfiando no meio dos galhos sem quebrar nada, movimentando-se como se fosse um peixe atravessando o coral.

Quando regressamos à casa, ele me indica uma antiga cadeira dobrável meio enterrada na sujeira. Então, eu me sento e, logo em seguida, reparo que ao meu lado, na ponta de uma antiga mesa de ferro batido, está um binóculo. Um ótimo. Muito melhor do que o que pego emprestado da Vovó.

Chauncy vai para trás da cerca viva e volta com outra cadeira, praticamente travada de tão enferrujada. Fica de pé tentando abri-la até que finalmente ela destrava. Chauncy a põe do lado oposto da mesa e senta-se como se estivesse entrando numa banheira de água escaldante; nisso, cai a ficha: *Chauncy LeBard é um cavalheiro – ele me deu a melhor cadeira para sentar.*

Acho que é bem óbvio o quanto eu estou louca para pegar o binóculo porque ele arruma sua cadeira e depois murmura:

– Ande, pode pegá-los.

Eu os apanho e uau! Era como se estivesse olhando através de um microscópio. Explorando o jardim, subindo e descendo o binóculo ao longo dos arbustos, quando Chauncy produz um barulhinho metálico com a boca e indica pontos de observação para mim. Olho para o local que ele aponta, mas não vejo nada. Depois, experimento olhar com o binóculo, e bem ali, na pontinha do galho, está o menor passarinho que já vi.

Eu já observara pássaros antes – muitos deles – corvos e pombos e os pássaros de lojas de animais como papagaios e periquitos. Mas eu nunca vira um passarinho daqueles. Era quase prateado – como um tom acinzentado brilhante. E era gordinho, como se estivesse estufando o peito, só que não estava. Ele tinha um bico preto, e as pernas da mesma cor, e não parecia saber voar direito. E eu teria imaginado que era só um filhotinho, mas depois que o observei revoando em torno dos arbustos maiores, mais feiosos, percebi que ele ia e vinha de um ninho.

Tirei o binóculo para dizer algo a Chauncy, mas ele não estava mais comigo. E quando me virei para lhe dizer algo, lá vem ele saindo da porta de trás, folheando um livro. Chauncy aponta para uma figura, depois me entrega o livro e começa a usar o binóculo.

Normalmente, um livro sobre pássaros não tem nada a ver comigo, mas existe alguma coisa especial nesse passarinho tão fofo sobrevoando os arbustos que me deu vontade de ler mais a respeito dele. Então, enquanto Chauncy observa essa bolinha de penas, leio a página que ele marcou para mim no livro *Pássaros raros e exóticos*, descobrindo que nunca vi um pássaro assim porque sua espécie entrou em extinção. Daqui a pouco, minha bolinha de penas vai ser passado.

Quando termino de ler, sinto muita vontade de conversar com Chauncy. Sabe, perguntar-lhe um monte de coisas, tipo: "O que veio primeiro, o passarinho ou os arbustos?" "Como é que você tem um passarinho em vias de extinção sobrevoando o seu jardim?"

Mas olho para Chauncy e percebo que ele nunca responderá nem sequer metade dessas perguntas.

Então, fico sentada ali, vendo-o observar a mamãe passsarinho e, subitamente, um ruído parecido com o de doze metralhadoras explode no ar. Salto da minha cadeira enferrujada e grito:

— O que é isso?

Chauncy revira os olhos e aponta para a cerca ao lado. Ele escreve em seu bloquinho RUSS WALLER/ SERRA ELÉTRICA, e faz um gesto indicando que devo entrar na casa. Depois de fechar a porta, ele murmura:

— Russ não gosta do meu santuário.

Depois ele continua:

— Você precisava de ajuda?

Conto-lhe toda aquela história da Monstra do Pântano e de como o suéter mais medonho do mundo valia quinhentos dólares e era de marca, por isso agora preciso limpá-lo e consertá-lo.

Chauncy olha para mim e dá para perceber que ele quer me perguntar milhares de coisas, mas ele só diz assim:

— Venha... comigo.

Ele ainda tinha o suéter, mas não estava mais no corredor. Ele o levara para o Paraíso dos Vampiros e o colocara, assim como a pilha de jornais velhos, ao lado da lareira. E não era preciso ser gênio para adivinhar que, se eu tivesse adiado a volta à Casa do Arbusto, o suéter Luis Fru-Fru teria virado um monte de cinzas caríssimas.

O suéter estava totalmente detonado. Esburacado e arrebentado. E cheirava mal. Tipo cabelo queimado.

Chauncy se aproxima e o examina comigo. Balança a cabeça e sussurra:

– Sinto muito...

Eu não queria que ele começasse a pensar que tinha que pagar por aquele treco estúpido, então, enfiei o suéter debaixo do braço e tentei mudar de assunto.

– Será que a polícia já encontrou algum suspeito?

Ele olha para mim como se não entendesse.

– Você sabe, o Homem Esqueleto?

– Ah! – ele diz, depois faz que não com a cabeça.

– Você deu pela falta de mais alguma coisa além dos castiçais e da sua carteira? A sacola que ele carregava parecia cheia, como se ele estivesse levando mais coisas além de dois castiçais.

Ele balança a cabeça negativamente.

– Os castiçais eram valiosos?

– Eles tinham um valor sentimental.

Às vezes eu sei quando ficar calada, mas nem sempre.

– Eles eram da sua mãe?

Ele inclina a cabeça para o lado e cerra um pouco os olhos.

– Sim.

– Você já pediu ao Policial Borsch para interrogar seu irmão?

Os olhos dele, agora, arregalam-se e parecem me furar.

– Quem foi que contou a você?

Eu me remexo constrangida porque ele não está com cara de bons amigos. Enfio o suéter detonado debaixo do braço e digo:

— Foi o Hudson Graham.

Ainda constrangida, continuo:

— Ele falou que vocês eram amigos. Está preocupado com você. Ele não sabia que você tinha sido operado, e contou como era sua casa antes, sempre com tanta música — Beethoven, Tchaikovsky.... Foi isso o que ele disse. E ele está preocupado com você, pensando em como consegue preparar seu café sem eletricidade — disse que não pode imaginá-lo sem sua garrafa de café.

Chauncy desvia os olhos para os pés. E, enquanto ele está ocupado inspecionando seus sapatos, falo bem baixinho:

— Ele também me disse que seu irmão e você não se falam desde a morte de sua mãe. Disse que ela deixou tudo para você.

Nós dois ficamos quietos por um minuto, e depois ele olha para cima. Eu não sei o que fazer, nem o que dizer, porque estou aqui, com o Homem do Arbusto, e ele está com os olhos cheios de lágrimas.

— Eu tentei... lhe dar a metade. Ele não quis.

Chauncy se senta na mesma cadeira em que o encontrei na noite de Halloween.

— Ela não me ajudou fazendo isso.

— Seu irmão sabe de sua operação?

Ele faz que não com a cabeça.

— Por favor, agora vá embora...

Os olhos dele se fecham, e posso perceber que nossa conversa terminou. Então, em seguida, volto para o lugar onde tudo começou, olhando para os espinheiros, imaginando se Chauncy LeBard um dia abriria a porta para mim outra vez.

Chego à entrada e entro no túnel, e, enquanto dou uma última olhadinha desanimada no suéter de Monstra do Pântano, ouço à minha frente:

– Você é parente desse tal de LeBard?

Dou um salto, depois vejo um homem carregando uma serra elétrica. Recuo um pouco mais.

– Ah, não. Não sou, não.

Ele passa a serra para a outra mão.

– O que é isso aí?

Enfio o suéter debaixo do braço e digo:

– É só uma malha. Olha, está ficando tarde... Posso passar?

Ele não dá a volta e nem entra no túnel. Vem na minha direção. Então, o que é que eu faço? Bem, eu não sei o que é que você faria, mas eu me virei e saí correndo.

SETE

Tudo bem, consigo atravessar o túnel de arbustos, e quando chego sã e salva no outro lado, olho por cima do ombro e o que é que vejo? Nada. O homem da serra elétrica desapareceu. Sumiu!

Atravesso a rua e passo diante da casa dele. Não consigo vê-lo, mas certamente posso ouvi-lo. Ele está com a serra ligada e o ruído é tão alto que a vizinhança inteira estremece e, vou dizer uma coisa, eu não quero ficar por perto para vê-lo usá-la.

Fui embora correndo porque sabia que estava atrasada. Não tinha certeza do quanto até chegar à rua da escola e ouvir o sino da torre da igreja tocar. Por um minuto, fiquei só ali, parada, sem conseguir acreditar no que escutava. Se eu não chego em casa às quatro horas, a Vovó fica preocupada. Mas já eram cinco horas? Como é que o tempo tinha passado assim?

Então, comecei a correr de novo – quer dizer, correr o máximo que a gente consegue quando se está levando uma mochila que fica batendo nas suas costelas e um suéter detonado preso embaixo do braço. Depois, decidi que a melhor coisa a fazer seria ir até a casa de

Hudson e telefonar para a Vovó. Por isso, quando cheguei à Avenida Cypress, virei à esquerda e, lógico, lá estava o Hudson na varanda de pernas para o ar, chutando as moscas.

Ele me vê chegando e diz:

– Sammy! Que bom que você apareceu!

Depois repara no suéter.

– O que você tem aí?

Nisso, eu levanto a malha e enquanto ele a cerca como se fosse um animal doente, eu digo:

– Quer comprar? Só vale uns quinhentos paus!

Ele me olha como seu eu fosse louca, então lhe conto sobre a mãe de Mickey e Marissa, e que usei o suéter Luis Fru-Fru para apagar o incêndio da Casa do Arbusto.

No começo, Hudson continua a caminhar em volta da malha, olhando para mim, depois para o suéter. Depois ele desata a rir. Sem parar. E depois de passar um minuto só gargalhando e batendo na perna com a mão, balançando a cabeça, com lágrimas saltando dos olhos, ele precisa sentar para tomar fôlego.

Nisso, sento-me ao lado dele e o encaro com muita seriedade.

– Hudson, preciso saber se você tem quinhentos dólares para me emprestar. Preciso pagar pelo estrago.

As gargalhadas dele param de repente e o queixo dele cai. Eu o deixo sentado ali por um minuto feito um homem com dor de dente, antes de lhe dizer:

– Estou brincando. Eu quero mesmo é saber se posso telefonar de sua casa para minha avó. Estou atrasada, ela deve estar preocupada.

Ele ainda está um pouco chocado com a história do suéter, mas diz:

– Tudo bem – e me leva para dentro da casa.

Dizer que eu estivera observando pássaros exóticos e raros com Chauncy funcionaria como uma boa desculpa por meu atraso. Percebi que, se eu lhe dissesse isso rapidamente, sairia do enrosco sem problemas.

Uma vez mais, calculei mal. Minha avó me fez tantas perguntas que finalmente tive que lhe dizer:

– Vovó! Deixa que eu conte o que foi mesmo que aconteceu, tá bom?

Depois que eu terminei de explicar tudo e tive certeza de que ela não estava mais brava comigo, eu disse:

– Vovó, preciso pedir um favor.

Silêncio.

– Vovó...

– O que foi?

– A escola inteira vai à festa de Dia das Bruxas hoje à noite e eu também quero ir.

– Você saiu ontem à noite, Samantha.

– Eu sei, mas isso é mesmo muito importante. Eu *tenho* que ir.

Ela ficou um minuto calada.

– Por que você tem que ir? De quem é a festa?

Bem, o que eu podia fazer? Mentir? Não para minha avó.

– É da Heather.

Durante um segundo, pensei que a ligação tivesse caído.

– Heather Acosta?

– Humm, é.

– Mas você detesta essa garota.

– Você está certa, Vovó, detesto mesmo, e é por isso que tenho que ir.

Então, conto-lhe sobre o dia horrível que tive na escola, sendo chamada de menina-de-sapato-verde-apaixonada-pelo-Jared-Salcido e como eu queria provar que era a Heather quem estava telefonando para ele.

– Mas como é que entrar de penetra na festa da Heather vai ajudar a provar que os telefonemas são feitos por ela?

– Eu ainda não sei, Vovó. Só sei que não posso ficar aqui sentada enquanto ela faz essas coisas contra mim.

Eu podia senti-la pensando. Depois de um longo silêncio ela diz:

– Prometa tomar cuidado. Aquela Heather tem um lado maligno.

– Eu sei, Vovó, é por isso que vou à festa.

Despedi-me dela e estava quase desligando quando Vovó me diz:

– Por favor, tome cuidado e não entre em casas de estranhos para apagar incêndios hoje, certo? Fico preocupada!

– Eu sei que a senhora fica, Vovó. Eu adoro você.

Mas, quando desligo o telefone, penso: *Vou entrar numa casa estranha mesmo, mas não vou apagar incêndio. Dessa vez, quem vai fazer um estrago sou eu!*

Quando chego à casa de Dot, a varanda ainda está cheia de lanternas de abóboras, mas elas já estavam meio acabadas – suas bocas cansadas de sorrir e de engolirem mariposas a noite inteira. E quando toquei a campainha, o pai de Dot atendeu à porta. Ele parecia um tanto arrasado – como se estivesse cansado de sorrir e de ter crianças indo e vindo à sua casa a noite inteira.

Dot, no entanto, estava toda sorridente e não parecia nem um pouco cansada. Ela agarrou o meu braço.

– Venha! Estava para subir até o sótão.

O sótão de Dot era exatamente como deve ser um sótão – caixas e caixas lotadas de bobagens. Numa família de cinco filhos, as caixas cheias de coisarada são muitas. Estou batendo a cabeça, esbarrando os cotovelos, o corpo batendo para todo lado ao tentar seguir Dot por esse labirinto de caixas, mas estou feliz. Estou num sótão.

É fácil se distrair quando se procura uma coisa num sótão. A gente começa procurando por algo e logo se vê encontrando todo tipo de outras coisas interessantes que acabam ocupando nossa atenção por horas. Estar no sótão de outra pessoa torna cada objeto ainda mais atraente porque tudo é novidade.

De qualquer modo, Dot está bem diante de mim, dizendo assim:

— Eu sei que está em algum lugar. Lembro de ter ajudado o Papai a colocar a etiqueta. Achei que o negócio estaria aqui.

Então, encontrei uma caixa aberta lotada de coisas enfiadas. E talvez eu devesse ter sido educada e ignorado aquela caixa. Quer dizer, quando a gente vasculha o sótão de alguém é a mesma coisa que ficar fuçando a gaveta da cômoda da pessoa. Mas eu estava ali, remexendo em tudo e não deu outra: comecei a procurar.

Uma das coisas que encontrei foi um funil de metal, muito esquisito, com uma alça. Eu o ergui e perguntei assim:

— Ei, Dot! O que é isso?

Ela para de remexer em tudo e olha para mim.

— Um moedor de carne!

Afasta o cabelo do rosto e diz:

— Venha até aqui e me ajude a encontrar a caixa. Acho que ela está marcada assim: "Festa do Dia das Bruxas."

Então, ponho o funil de volta em seu lugar e caminho até Dot. Passamos um tempinho olhando à nossa volta, mas não encontro nenhuma caixa marcada com essas palavras, então começo a abrir caixas sem etiquetas, procurando algo que seja vagamente assustador.

Encontrei brinquedos, roupas, pratos e outras coisas, mas não havia nem morcego, nem bruxa. Estava começando a me sentir como se estivesse procurando neve no deserto, quando Dot grita:

– Achei! – e abre uma caixa bem grande.

Enquanto ela vai puxando pedaços de uma saia cor-de-rosa e lilás, algo dentro da caixa que eu inspecionava atrai minha atenção. É um negócio que parece com um walkie-talkie, mas eu nunca tinha visto um desses cor-de-rosa. E as duas partes não eram idênticas. Uma parte do walkie-talkie era pequena, parecia brinquedinho de menina, não dava para acreditar como se comunicar usando aquilo. E a outra parte era bem grande, tinha uma base e um fio com tomada.

Dot estava toda animada por ter encontrado sua fantasia de princesa, e levantou-a dizendo:

– Não é o máximo? Será muito legal!

Mas, a essas alturas, eu preciso descobrir o que é esse treco esquisito. Então pergunto:

– Dot, que treco é esse?

Ela o examina e responde:

– É um monitor de bebê.

Nunca estive perto de bebês, então não tenho ideia do que seja isso. Fico olhando para o aparelho, e finalmente pergunto:

– Como ele funciona?

Dot encontra todas as partes de sua fantasia de princesa e diz:

– Minha mãe o usava quando minha irmã estava dormindo. Sabe, ela podia ficar lavando a louça e fazendo as coisas no andar de baixo, enquanto minha irmã dormia no de cima; se ela despertasse, chorasse, a gente ouvia.

Fiquei ali parada pensando, senti que meu coração se acelerava.

– Ela já levou esse negócio para fora de casa? Tipo quando estava trabalhando no jardim ou algo assim?

Dot olha para mim como se não acreditasse que eu ainda queria fazer mais perguntas estúpidas sobre o tal do monitor de bebê.

– Claro. O tempo todo.

– Você acha que sua mãe se importaria se eu pegasse o aparelho emprestado?

Ela dá de ombros.

– Nem um pouco.

Nisso, lembrei do desastre do suéter Luis Fru-Fru que estava dentro da sacola, no andar debaixo.

– E se acontecer alguma coisa com o monitor? Ela vai ficar brava?

– Humm... Acho que não. No jantar, outro dia, a mamãe estava dizendo que ela queria levar todos os trecos de bebê para o Exército da Salvação. Posso perguntar a ela, mas tenho certeza de que está tudo bem.

Ela olha para mim e diz:

– Para que você quer esse monitor? Você conhece alguém que vai ter um bebê?

Dou risada.

– Não, mas tenho um plano e, se der certo, conheço alguém que vai levar um susto.

Marissa tinha esquecido o combinado de ir até a Casa do Arbusto. Pelo menos, ela não se lembrava dele até a hora em que sua mãe lhe perguntou se ela trouxera o suéter da Monstra do Pântano de volta. E quando ela nos encontrou na Terra Amarela, a primeira coisa que perguntou foi:

— Vocês pegaram o suéter?

— Peguei, sim — eu disse, e o levantei para que ela o visse.

Marissa praticamente chorou.

— O que será que vamos fazer?

— Acho que precisamos lhe dizer o que foi que aconteceu. Pode deixar que eu conto, se você quiser.

— Ela vai me matar!

Passamos os próximos minutos tentando pensar num jeito de salvar a vida de Marissa, mas finalmente decidimos que não havia muita coisa a fazer, então começamos a trocar de roupa para ir à festa de Heather.

Dot se transformou na Abelha e Marissa decidiu que preferia usar uma fantasia de cigana a ficar embrulhada em tiras de papel higiênico. Quando ficamos todas prontas, já estávamos uma hora atrasadas. E como Dot insistia em fazer minha maquiagem, fiquei sentada esperando, tentando decidir qual seria a melhor maneira de levar o monitor de bebê à festa de Heather.

Quando a Abelha e a Cigana já estavam arrumadas, me puseram numa cadeira perto do espelho e começaram a me pintar. Não é que eu considere idiota toda garota que se maquia, embora ache que as que usam sombra azul ou vermelha nos olhos não têm lá muita noção das coisas. Rímel me dá a impressão de estar com asas de passarinho batendo nos olhos e batom me dá a sensação de que beijei uma colher de calda de morango. Base então? Dá até para usar base. Mas parece que a gente está espalhando creme de amendoim no rosto e se você pensa que vou sair por aí de cara melada, esqueça. Tinta verde, tudo bem. Creme de amendoim, nem pensar!

De qualquer modo, depois de quinze minutos, lá estava eu com asas de passarinho nos olhos, calda de morango na boca, o cabelo preso num coque tipo seriado antigo e usando um chapéu todo enfeitado de fitinhas na cabeça. Quando elas enfiaram a máscara no meu rosto, nem eu mesma era capaz de me reconhecer.

Dot me puxa à força de dentro das dez camadas de saias e diz:

– Calce isso – enquanto me dá um par de sapatilhas de balé.

Só de olhar para elas já sei que não vão servir, mas se eu usasse meu tênis de cano alto era como se estivesse carregando uma faixa dizendo: "OLHA A SAMMY!" Então, eu enfio daqui, puxo um pouco de lá, fazendo caretas, até conseguir ficar com as sapatilhas cor-de-rosa.

Apanho a parte menor do monitor e a coloco dentro das meias, depois cubro tudo com a saia e digo a Marissa:

– Você vai erguer isso para mim, não vai?

Pego a parte maior do monitor e a amarro do lado do corpo com a antena virada para baixo. Digo então a Dot:

– Você pode amarrar a corda na minha cintura?

Quando Dot terminou de amarrar o fio em mim, escondo o fio debaixo da saia e nós todas trocamos sorrisos, porque, realmente, não dá para ver o aparelho.

Dou umas duas voltas e tento fazer uma voz diferente, toda docinha.

– Que nome devo ter? Tiffany? Wendy? Nikki?

Ambas gritam:

– Nikki!

Então, Dot diz assim:

– Ah, e você é minha prima, certo?

E antes que eu responda, ela me coloca sentada de novo na cadeira e tira seu delineador preto para usá-lo em mim. Muito cuidadosamente, aplica uma pinta no meu rosto. Nem muito grande, nem pequena – só para que as pessoas não duvidem que a Princesa Nikki é sua prima de verdade.

Todas nós olhamos no espelho e gargalhamos.

– Vamos lá! Temos uma festa para detonar!

OITO

Heather estava fantasiada de cantora de rock. Seu cabelo ruivo, bem rebelde, estava preso num rabo de cavalo e ela usava tanto couro que dava até para forrar um sofá – suas botas de cano alto cobriam até os joelhos. Além das roupas de couro, eram tantos cintos e correntes que parecia um cachorrinho pinscher que se enroscou na correia enquanto perseguia um gato em volta de uma árvore.

Não fomos bobas a ponto de chegarmos todas juntas na festa. Marissa ficou esperando na esquina enquanto Dot e eu tocamos a campainha. E quando Heather atendeu à porta, Dot lhe disse, com toda a tranquilidade:

– Que legal essa sua fantasia, Heather!

Depois, ela aponta para mim com a cabeça e fala:

– Esta é minha prima Nikki. Espero que você não se importe, eu a convidei para vir comigo.

Heather me examina dos pés à cabeça.

– Não, tudo bem, entrem.

Depois, ela repara na pinta do meu rosto e pergunta:

– Todo mundo na sua família tem uma pinta?

Dot olha para mim, então experimento falar com minha voz de Princesa Nikki.

– Cada um de nós – até os gatos!

Heather me olha de um jeito esquisito:

– Os gatos?

Sorrio maliciosamente.

– Sim, estamos criando leopardos.

No começo, ela pensa que estou falando a sério, mas depois começa a rir; logo estamos todas gargalhando, como se aquela fosse a melhor piada do ano. E quando paramos de rir, digo:

– Gostei do seu brinco...

Porque ela está usando o par de brincos mais feio que já vi na vida. Parece que alguém cortou um pedacinho de tubo de plástico e colou nele umas bolinhas de gude vermelhas.

Heather dá um sorriso largo.

– Obrigada!

Ela me examina mais de perto e diz:

– Seu nome é Nikki? Você está muito legal.

Nisso, a campainha toca, claro que é Marissa chegando. Heather diz:

– Bem, Marissa, não pensei que você viesse sem aquela chata da sua amiga. O que será que ela está fazendo hoje? Pintando os tênis de verde?

Marissa dá um Passo McKenze e olha ao seu redor:

– Nossa, que festa!

E era mesmo. Lotada de gente. A casa da Heather é daquele tipo amplo, com painéis de madeira, esculturas de metal penduradas nas paredes – moinhos e pássaros de cobres, coisas assim. E quanto mais a gente caminhava pela casa, mais salas e quartos iam aparecendo, todos eles repletos de garotos da escola. Não me refiro ao pessoal da sétima série. Havia gente do ensino médio também. Muita gente.

E uma parte de mim mesma começa a sentir-se muito mal. Toda essa gente estava se divertindo, gostando da Heather Acosta e, de toda a escola, sou a pessoa que ela mais detesta. Não interessa por que ela me odeia; eles sabem que a Heather odeia uma garota chamada Sammy e quem dá festas como aquela só pode ser legal à beça. Nada disso faz muito sentido; é só o jeito de pensar de garotos que não sabem pensar.

Então, lá estou eu vagando pela casa com Dot, olhando para toda aquela gente comendo bolo de chocolate, me sentindo como se eu fosse uma cachorra presa num canil quando, repentinamente, Heather vem por trás de mim e diz assim:

– Ei, você quer tomar ponche?

Detesto admitir isso, mas eu não a vi chegando. Escutar a voz de Heather bem no meu ouvido me deu um susto danado. Além disso, era tão esquisito ver a Heather me tratar tão bem, então depois que dei um pulo de espanto, fiquei meio parada, piscando os olhos maquiados atrás dos buracos da máscara.

– O quê?

Ela ri.

– Venha, na cozinha tem ponche, biscoito e outras comidas. Você quer alguma coisa?

Eu digo:

– Claro.

Depois, volto a dar uma de Princesa Nikki.

– Estou morta de fome!

Dot, Heather e eu estamos nos dirigindo para a cozinha, e posso perceber pela maneira como Heather me olha que ela está louca para me fazer algumas perguntas. Então lhe digo:

– Esta festa é maravilhosa, Heather. Não acredito que tanta gente veio. Você deve ser muito popular!

Isso a faz sorrir de verdade. E ela está para me dizer algo como:

– "Ah, não brinca!" quando uma senhora sai da cozinha chamando:

– Heather! Heather! Traga umas toalhas. O ponche derramou!

No começo, pensei que a mulher tivesse saído de um seriado de TV dos anos 1960. Tinha cabelo acobreado, com uma pasta esticada sobre a sobrancelha esquerda, preso num coque que a transformava numa espécie de cabeça de colmeia.

E isso só para falar da cabeça. Ela vestia uma blusa cor-de-rosa com mangas enfeitadas. Calças verdes bem justas. Estou falando de verde limão. Nos pés, calçava sapato dourado de salto alto, enfeitado com pedrarias.

Depois, reparei no colar de safiras, muito chamativo, que ela trazia no pescoço. Aos poucos, fui percebendo que não se tratava de uma fantasia. Aquela era a mãe de Heather.

Lá estou eu, tentando entender todo o lance, quando Heather diz:

– Venha!

Faço um esforço para deixar de olhar para a mãe dela e a acompanho até o corredor. E quando Heather vê que a Dot vem conosco, ela diz:

– Por que você não vai conversar um pouco com a Marissa? Ela está com uma carinha tão solitária...

Eu me volto na direção de Dot e reviro os olhos, mas antes que me dê conta, já estou descendo o corredor ao lado do pinscher.

Heather tira uma toalha de dentro de um armário no final do corredor e abre uma porta que dá para um quarto ao lado. Ela diz:

– Espere um segundo.

Depois, vai até um espelho de corpo inteiro, arruma o cabelo e as pulseiras, enquanto fico na soleira da porta, olhando para ela. Não demoro muito para perceber que aquele é o quarto de Heather. Há pôsteres em todas as paredes – o maior deles é de estrelas do rock e do cinema. A cama não é muito grande, mas parece ser porque tem uma manta de pele felpuda enorme, com pintas brancas e pretas que chega até o chão. Uma ponta do criado-mudo ao lado da mesa está coberta com o mesmo tipo de pele e, em cima, há uma caixinha de música e uma vaca em miniatura. Fico pensando qual é esse lance todo de vacas quando percebo que aquilo não é uma estátua, mas sim um telefone.

Acho que Heather me viu reparando em toda aquela história dos enfeites e da colcha, porque ela diz:

— Antes eu achava que essas coisas eram todas legais, mas agora já enjoei delas. Ando pedindo para mamãe para redecorar o meu quarto, mas ela não quer deixar, para variar...

— Sua mãe me pareceu muito legal...

Heather dá uma risadinha.

— Minha mãe é uma piada. Ela tem quarenta anos e acha que vale por duas de vinte.

Ela bufa.

— Aposto que ela está no meio da festa, conversando com um garotão qualquer.

Depois ri e diz:

— Bobeou, ela está tentando impressionar o Jared.

Não resisto e pergunto:

— Jared? Ele é seu namorado?

Ela se mexe e os colares tilintam.

— Bem que eu queria. Não, mas ele é o garoto mais interessante da escola e, conhecendo minha mãe, ela pode até ter chamado o Jared para dançar.

Nunca imaginei que fosse rir por causa de algo que tivesse vindo da boca de Heather Acosta, mas só de pensar na mãe dela, com as calças justas e blusinha decotada, dançando com Jared, o convencido, gargalhei, como qualquer pessoa normal teria feito.

E quando desandei a rir, Heather também fez o mesmo. Então lá estávamos nós, as piores inimigas na escola, rindo juntas. Quando terminamos de dar risada, perguntei:

— Então por que você não o chama para dançar?

Ela olha de soslaio.

— Porque a Amber está aqui.

— Amber?

— A namorada dele. Ela é uma bruxa. Ninguém pode conversar com Jared sem que ela agarre o braço do garoto e tente puxá-lo para longe. Bem que eu queria....

Um sorriso se espalha no rosto dela.

— Venha comigo.

Então, ela faz uma coisa que me deixa de cabelo arrepiado. Fica de braço dado comigo. Heather trazia as toalhas num braço, com o outro, ela me abraça e me puxa. Eu a acompanho gaguejando.

— O que é isso? Espere!

Mas, quando percebo, ela já entregou as toalhas para a mãe e estamos na sala, de pé, na frente de Jared e Amber.

Jared está vestindo uniforme de beisebol, esparramado no sofá, com cara de tédio. Amber está sentada no braço do sofá, fantasiada de gata, com os braços sobre os ombros dele.

Heather diz num tom acima da música:

– Oi, pessoal. Vocês estão se divertindo?

Eles fazem que sim com a cabeça, mas não dá pra saber que estão mentindo.

– Esta é a minha amiga Nikki.

Eles mal reparam em mim.

– Oi.

Então, ficamos ali, olhando à nossa volta, e a Heather diz:

– Então, vocês não estão dançando?

Jared dá de ombros. Amber puxa a cauda de gata.

– Você não está deixando esse lance da Sammy te irritar, não é mesmo?

Jared dá uma risadinha.

– Não.

Amber bate nele com a ponta da cauda.

Eu pergunto:

– Que lance da Sammy?

Heather ri.

– A Sammy....

Ela olha para Jared.

– O que você acha dela?

Jared ri pelo nariz e ergue os ombros, mas Amber bufa como se fosse uma gata pronta para o ataque.

– Bem, ela é meio estranha...

Jared ri.

– Mas tem bom gosto.

Amber o atinge com a cauda novamente.

– Como assim, estranha?

Eu lhe faço a pergunta como se realmente quisesse saber.

Amber revira os olhos.

— Ela usa tênis verdes, por exemplo.

— E ela é apaixonada pelo Jared.

Heather dá uma piscadela para Jared e diz:

— Bom, mas isso não é estranho. É que ela não lhe dá sossego.

Jared retribui o sorriso, e Amber está tão irritada comigo que nem sequer percebe o que está acontecendo diante de seus olhos.

Pergunto:

— Sério?

— Sério. Ela fica telefonando para ele e dizendo umas coisas que você não vai acreditar de tão atrevidas!

Amber balança a cabeça.

— Como é que ela tem coragem de fazer isso?

— Entendeu qual é o lance da Sammy?

Meu estômago revira como se fosse um caminhão de cimento. Sinto enjoo e um peso na barriga, como se fosse despencar a qualquer momento. E enquanto a Heather vai me detonando, pouco a pouco, sei que preciso sair urgentemente da festa, para preparar meu plano, mas não consigo. Fico ali parada com um sorriso no rosto enquanto a bola de cimento aumenta no meu estômago.

Digo:

— Parece que vocês não gostam nem um pouco dela, não é mesmo?

Heather ri e diz:

— Gostar do quê? Ela é metida, falsa e se acha.

Ela sorri maliciosamente para Amber.

— Mas, pelo menos, ela não está dando em cima do meu namorado.

Amber levanta.

— Dá para gente mudar de assunto?

Ela estende a pata para Jared e diz:

— Estou pronta para dançar agora.

Jared pega a mão dela, dá uma piscadela malandra para Heather e sai.

Isso deixa Heather nas alturas. Ela me agarra pelo braço e me balança.

— Você viu só? Você viu o olhar que ele me deu?

Ela continua me balançando.

— Está dando certo! Está funcionando!

Bem, eu sabia muito bem o que é que estava funcionando, e teria provavelmente perguntado mais para ver se ela me contava tudo, mas não consigo. Estou com medo de me mexer, quanto mais respirar. Veja, com essa história de ficar me balançando, o fio do monitor tinha se soltado e sentia deslizar pelo meu corpo como se fosse uma cobra.

Aperto o lado do corpo com a mão e digo:

— Preciso muito ir ao banheiro. Onde é que ele fica?

Ela está de olho no Jared.

– Ah, claro. Fica no final do corredor, onde estão as toalhas. Primeira porta à esquerda.

Dou um sorriso e digo:

– Obrigada.

Depois vou deslizando até o banheiro o mais rapidamente possível.

Assim que entro, fecho a porta, solto o fio e – *bum!*, a parte grande do monitor de bebê cai no chão. Enfio o treco debaixo do braço, depois dou uma olhada no corredor, e vou de fininho até o quarto de Heather.

A luz está acesa, então eu a apago e olho pela janela para ver para onde dá o quarto. Sinto alívio ao ver as luzes da rua – pelo menos não vou precisar escapar pelos fundos.

Acendo a luz novamente e começo a procurar uma tomada para ligar o monitor. Decido que a melhor era a tomada atrás da cama. O único problema é que só consigo alcançá-la me enfiando embaixo dela. Então, lá estou eu, com todos os quinze saiotes de princesa pendurados na cintura, as fitas do meu chapeuzinho caindo na minha cara, tentando chegar na tomada, nisso, a porta se abre.

Enfio-me debaixo da cama e prendo a respiração. Depois, ouço a Heather dizer:

– Ande!

Não consigo ver com quem ela está falando; estou cercada de colcha por todos os lados, mas ouço quando sua voz de menininha diz:

– Ela sempre entra sem bater na porta?

Percebo que ela está com Monet Jarlsberg.

A voz da Monet parece a de uma boneca Barbie de nariz entupido. E por ser do grupinho mais íntimo da Heather faz com que ela pareça ainda mais irritante e fingida. Sério. Se a gente pensa em todas as pessoas que a Monet já traiu pelas costas, é surpreendente que tenha sobrevivido tanto tempo.

De qualquer modo, ouço os passos dela chegando cada vez mais perto da cama e, de repente, Heather coloca a mão embaixo da cama e diz:

– Não. Ela está muito ocupada preparando mais ponche.

Agora o meu coração está estourando o meu peito, me esquivo da mão da Heather e reparo num maço de cigarros no cantinho da colcha da cama.

A mão dela está procurando por ele enquanto ela diz:

– Ele estava bem aqui!

Percebo que, se não fizer algo rapidamente, ela vai abaixar-se para procurar o maço e a Princesa Nikki será pega em flagrante. Então, empurro o maço mais para perto da mão dela e, quando ela o encontra, *uush!*, ele desaparece.

Solto um suspiro, e, em seguida, Heather e Monet pulam em cima da cama. Não só pulam como também ficam se balançando. E cada vez que fazem isso, o colchão pressiona meu ombro. Se eu tentar me deslocar, lá vem o estrado me espremer como se fosse um espremedor de princesas.

Quando elas sossegam, ouço Heather dizendo:

— Pegue aqui. Só recebo a mesada na próxima sexta, então pago o resto.

— Foi isso que você disse da última vez, mas você nunca me pagou.

A essas alturas eu já tinha erguido a ponta da colcha para ouvi-las melhor; sinto o cheiro de cigarro. Heather solta uma baforada.

— Ah, vai, Monet. Você não trouxe nada de bom da última vez. Se fizer isso, eu pago o resto na sexta-feira.

Monet começa a discutir, depois ela engasga, cospe e começa a tossir como se fosse morrer. Depois volta para a cama de novo, fica pulando no colchão, esmagando meu peito com o estrado.

Heather ri.

— Pensei que você fizesse isso sempre.

— Mas eu faço.

Monet tenta dar outra baforada, mas logo começa a tossir de novo.

Heather diz:

— Conte logo o que foi que você ouviu.

Monet diz, no meio da tosse:

— O que você quer primeiro, a fofoca do Jared, da Amber ou da Sammy?

Então eu me lembro — Monet estava sentada na mesa, na hora do almoço, quando combinamos que invadiríamos a festa da Heather.

Então agora estou apavorada e preocupada. De verdade. E se ela souber mesmo o que combinamos? Não acho que falamos tanto assim, mas ficamos na maior animação e talvez alguém tenha nos ouvido. Especialmente se esse alguém ganha dinheiro para nos espionar.

Então, lá estava eu, sufocando debaixo do estrado, louca para saber se teria que fugir da festa pela janela, quando Heather diz:

– Jared e Amber primeiro.

Monet ri.

– Amber está uma fera.

– Com a Sammy?

– Um pouco com ela, mais com o Jared.

– Por quê? Não é culpa dele se a louca da Sammy fica dando em cima dele daquele jeito.

Monet fala com voz desafinada:

– Porque ele está ficando animado com a história. Ouvi Amber contar para a Jill que o Jared acha que tem um magnetismo animal e que não vai conseguir impedir a Sammy de chegar perto dele. Amber contou para a Jill que a Sammy está deixando o Jared egomaníaco. Já pensou? Como se o ego dele pudesse ficar ainda maior do que já é...

Heather passa um tempo calada. Depois pergunta:

– Você acha que ela vai romper o namoro com ele?

– Sei lá. Quem sabe? Você viu o jeito dela na festa. Amber gruda no Jared. Não larga do pé.

Depois ela ri.

— Talvez, se a Sammy estivesse aqui...

— Então, me fale sobre a Sammy — diz Heather.

Lá se vai meu coração de novo. Quase morro de enfarte. Monet diz:

— Sammy está muito brava com essa história de todo mundo ficar fofocando sobre ela e o Jared. Como ela é idiota. Será que ela não imaginou que todo mundo ia ficar sabendo?

Ela tosse mais duas vezes e diz:

— Ela deve ser meio esquisita. Quer dizer, onde já se viu pintar o tênis de verde?

Heather ri mais um pouco. Agora, o normal seria eu sair de debaixo da cama e dizer a Monet para pintar o nariz dela de verde, mas, por alguma razão, é mais fácil ficar debaixo do estrado, só escutando. E quanto mais eu ouço, melhor eu compreendo que provocar o rompimento do namoro de Amber e Jared, jogando a culpa em mim, é tão importante para a Heather que ela não contou nada. Não há ninguém que saiba o que ela está mesmo aprontando.

Só eu sei.

E ninguém mais será capaz de me tirar dessa encrenca.

Só eu mesma.

NOVE

Estava tão aliviada porque Monet não tinha ouvido meu plano de invadir a festa que, quando Heather enfiou o pacote de cigarros debaixo da cama, nem sequer tremi. E depois que elas arejaram o quarto todo, passaram spray e saíram marchando pela porta, lá fiquei eu, debaixo da cama de Heather Acosta, sozinha.

Não perdi tempo. Liguei o monitor na tomada. Depois sai de debaixo da cama, ajeitei a roupa de princesa, fiquei ouvindo a caixinha de música da Heather e voltei ao banheiro.

Depois de ter trancado a porta, tirei a outra metade do monitor e liguei. Percebi que a música da caixinha passava e festejei dançando feito uma princesa mesmo.

Mal cheguei ao corredor quando a Dot veio voando para cochichar:

– Onde foi que você andou?

Marissa vem por trás e pergunta:

– Você conseguiu?

Dou um sorriso e faço que sim com a cabeça.

– Está feito.

Qualquer pessoa que nos visse naquela hora perceberia que estávamos aprontando alguma. Os olhos de Marissa e Dot estavam arregalados e estávamos abraçadas sussurrando. Então, dou um passo para trás, disfarço e depois pergunto.

– Vocês conhecem a Monet Jarlsberg? Adivinhe quem é que está dando dinheiro para que ela espione as pessoas?

Elas se entreolham e depois dizem:

– A Heather?

Faço que sim com a cabeça, e Dot diz:

– Ela está pagando mesmo?

– Está sim. E adivinhe só quem ela estava espionando hoje, na hora do almoço?

Dot fica branca.

– Ela sabe do plano?

– Não, mas eu já quero ir embora. E vocês?

Então, estamos quase chegando à porta quando Marissa cochicha:

– A sua pinta está desmanchando.

Levo um tempinho para perceber do que ela está falando. Limpo a pinta com as costas da mão e, sim, o rímel borrou. Eu pergunto:

– Melhorou?

– Não. Piorou.

Dot fica ocupada, tentando consertar minha pinta, quando, de repente, Marissa sai correndo. Fico tentando imaginar para onde ela foi, meus ouvidos escutam algo que meu cérebro demora a compreender. É tipo quando a Vovó vem me acordar para ir à escola: "Samantha... Samantha..., ande, Samantha... está na hora de levantar..." Mas não é a voz da Vovó, nem meu nome passando pelo meu cérebro. É "Nikki... Nikki..., ei, Nikki...! O que está acontecendo?"

Quando finalmente percebo que Heather está falando comigo, tampo o rosto com a mão como se estivesse muito ocupada pensando e grito:

– Bem, quer dizer, preciso ir embora. Mas sua festa foi ótima!

– Já?

– É, desculpe. Mas eu me diverti muito.

Dou uma risadinha, inclino a cabeça para que a fita do chapéu esconda um pouco mais o meu rosto. Depois, como tive a impressão de que ela queria me perguntar algo mais, digo:

– E seus brincos são o máximo! Os mais legais que já vi! Onde foi que você os comprou?

Heather dá um pulinho com suas roupas de couro e correntes.

– No shopping.

Depois cochicha:

– Eles só custaram dois paus.

– Não acredito!

E você nem vai acreditar, mas ela tira os brincos e os entrega a mim.

Mantenho o rosto coberto enquanto lhe digo:
– Nossa, não posso aceitar!
Mas antes que eu perceba, lá estou eu, segurando os dois brincos mais feios do mundo, dizendo:
– Heather! Você é muito legal!
Num minuto meus pés descobrem o caminho da saída e chegam à rua. E quando Dot e eu chegamos à esquina, estou tão aliviada de ter saído da festa que fico parada na calçada um minuto, olhando para a lua, pensando quanto tempo levaria para que Heather descobrisse a verdadeira identidade da Princesa Nikki.

Quando todas nós nos encontramos na casa de Dot, já sem as fantasias, era bem tarde. Assim que o pai de Dot percebeu que estávamos planejando ir caminhando para casa, ele insistiu em nos levar de carro. Pedi que ele me deixasse duas quadras antes do asilo da Vovó e depois corri até chegar lá.

Quando entrei no quarto, Vovó estava adormecida no sofá, mas ela não ficou assim por muito tempo. Vovó me fez contar sobre a festa e, embora tentasse disfarçar com a mão, percebi que a boca dela sorria. E quando acabei de falar, ela não aguentou mais. Caiu na gargalhada.

Assim que terminou de rir, ela me abraçou e disse com seriedade:
– Samantha, eu sei que crescer não é fácil. Mesmo para garotas como a Heather, que dão a impressão de

que a vida é fácil – isso não é verdade. E é muito chato que meninas como ela tenham que dificultar as coisas para garotas como você, mas quero lhe dizer que estou orgulhosa porque você não se rebaixou ao nível dela.

Ela olha para meus pés e diz:

– Também acho que posso facilitar um pouco sua vida. Já está mais do que na hora de você ganhar um belo par de tênis.

Faço que sim com a cabeça e digo:

– Quero mesmo ter tênis novos, Vovó, mas se eu os comprar agora, Heather vai saber que foi por causa dela. Eu não sinto vontade de andar por aí com tênis verdes, mas se trocar por novos, Heather vai achar que manda em mim.

Vovó franze a testa.

– Tem certeza?

– Tenho sim.

Acho que eu estava mesmo muito cansada, porque não me lembro de ter me aprontado para dormir. Tenho uma vaga lembrança de a Vovó ter tirado meus tênis e me enfiado na cama, mas depois eu acordo, o dia está ensolarado e ouço um barulhinho de chave.

Olho para cima, e lá está a Vovó, vindo pela porta, com a cesta cheia de roupa limpa dobrada, e, no topo de tudo, estão meus sapatos verdes.

– Desculpe se acordei você, minha querida.

– Aonde a senhora vai com tudo isso?

– Acabo de voltar do porão. Fiquei meia hora na lavanderia tentando limpar os tênis. Eu os lavei, descolori. Não tem jeito, Samantha. Eu sei que você é apegada a esses tênis, mas veja, eles já estão praticamente furados.

Ela coloca a cesta no chão com força.

— Com ou sem a Heather, está na hora de você ir ao shopping comprar tênis de verdade!

— Vovó! No shopping, não!

— Por que não no shopping? Os tênis de lá são muito bons!

A Vovó finge que gosta dos meus tênis de cano alto, mas, no fundo, ela os odeia. Verdes ou não. Se dependesse dela, meus dedinhos ficariam cobertos de fivelas e fitinhas. De qualquer jeito, detesto tênis novos. Eles apertam meus dedos, machucam o calcanhar e são desconfortáveis até ficarem bem folgados — mas, quando isso acontece, bem, os tênis não estão mais novos. Para que gastar tanto dinheiro com tênis novos e ficar de pés doloridos, quando a gente pode comprar uns que já foram amolecidos por outros pés e estão prontinhos para usar com todo conforto?

Então, dou um salto e digo:

— Mas eles são caros! Por que a gente não pega um ônibus e vai até o Empório Econômico para comprar um par de tênis usados?

— Outro par... disso?

— Vovó, tênis de cano alto são os melhores. São confortáveis, duram um tempão e custam pouco no Empório Econômico.

Ela suspira.

– Bem, isso é bem prático. Mas não é tão elegante.

Então, nós duas tomamos um bom café da manhã, com frutas e cereais, depois nos arrumamos, e Vovó procura na bolsa e encontra umas notas.

– Será que esse dinheiro dá para o ônibus e os tênis?

– Dá sim, Vovó. Obrigada.

Então, lá vou eu até o shopping para pegar o ônibus. Santa Martina não é uma cidade com grandes ônibus urbanos. Temos alguns do tipo pequeno, como micro-ônibus. Para mim, eles parecem carrocinhas de cachorro para pessoas, mas dentro são bem legais. Às vezes, fico no fundão, mas geralmente prefiro sentar perto do motorista.

Eu era a única, no ponto de ônibus quando ele chegou, e como só havia umas duas pessoas sentadas, fiquei no banco logo atrás do motorista.

Então, lá vamos nós, felizes pela cidade, parando nos pontos e soltando fumaça pelo caminho, quando vejo a placa da Rua Morrison. Duas quadras depois, me lembro que Hudson havia dito que o irmão de Chauncy morava nessa mesma rua. Nisso, viro o corpo, tentando ver uma casa que já passamos, quando o motorista freia o veículo num sinal vermelho e diz, olhando para o espelho:

– Tem alguma coisa errada?

Eu sei que não é um ponto de ônibus, mas o veículo está parado, então me levanto e digo:

— Preciso voltar àquela rua.

Ele empurra o boné para trás e coça o que restou do seu cabelo

— Não posso permitir isso.

— Mas eu... eu... eu...

Arregalo os olhos e ponho as mãos na barriga.

— Vou vomitar!

Ele abre a porta rapidinho, e eu desço a toda a velocidade. Depois que ele some, corro até um posto de gasolina e peço uma lista telefônica. Só havia um LeBard na lista, então compreendo que o tal do D. W., Rua ELM, 123, deve ser o irmão de Chauncy.

Eu não sabia onde ficava esse endereço, então fui até o frentista do posto. Ele me mostra o caminho e explica:

— Vire à direita, na Rua Morrison. Você vai dar direto nessa casa.

Nisso, desço a Avenida Broadway, chego à Rua Morrison, viro à direita e encontro o número certo.

A casa forma um círculo. Parece o maior beco sem saída do mundo, com uma ilha de casas bem no meio. Certas residências têm telhados pontudos e se parecem com casinhas de bonecas da Dinamarca; outras têm telhados retos, tipo fortalezas de tijolo aparentes, mas todas são muito bonitas, com jardins perfeitos.

O número 123 era uma dessas casas de boneca. Era diferente das outras, mas não por causa do jardim — ele era perfeito como os outros todos — mas porque só tinha um gramado e nada mais. Sem árvores, flores, canteiros. Sem arbustos.

Eu não sabia direito o que estava fazendo por lá. Parte de mim queria tocar a campainha e perguntar um monte de coisas para o irmão de Chauncy, e a outra metade achava que isso seria a ideia mais estúpida que viera à minha cabeça em muito tempo, que o certo seria sair dali para ir até o brechó. Antes que me desse conta, lá estou eu na varanda, tocando a campainha.

Ninguém atende. Estou me virando para partir quando um homem e uma mulher, ambos com uniformes de algodão branco e raquetes de tênis na mão, vêm caminhando em direção à casa.

Eles olham para mim e eu, para eles, nisso, o homem diz:

– Posso ajudar?

Não há sombra de dúvidas – este é o irmão do Chauncy. Um pouco mais alto e com uma aparência mais saudável, mas os olhos o denunciam. Eles são castanhos claros, como balas de caramelo. O olhar é astuto, como se ele soubesse o que você está imaginando antes mesmo de se ter a chance de terminar o pensamento.

– Senhor LeBard?

Ele olha direto para mim.

– E você é...?

Estendo a mão.

– Samantha Keyes.

Enquanto ele me cumprimenta, não tira os olhos de mim. Tento sustentar o olhar dele, mas é difícil – como quando a gente olha para o sol.

– Chauncy foi assaltado na noite retrasada. Imaginei que o senhor gostaria de ser avisado.

Ele olha para mim como se não acreditasse no que está ouvindo. Inclina a cabeça para a frente, depois estreita os olhos e diz:

– Ele mandou você aqui, não foi? Bem, diga-lhe que não estou interessado em truques assim. Eu já disse centenas de vezes: não tenho mais nada a ver com ele. Não quero saber de nada.

Estreito os olhos também.

– Ele não me mandou aqui. Fui eu que achei que o senhor poderia gostar de saber.

– Bem, eu não gostei.

– Espere um pouco, sim? Hudson me disse que vocês dois eram muito próximos e...

– Eu não quero mais ouvir essas coisas. Diga ao intrometido do Hudson Graham para cuidar da própria vida!

Até esse momento, a senhora LeBard ficara só parada ali, observando e ouvindo, mas quando o marido dela começou a ficar zangado, ela o puxou pelo braço e lhe disse suavemente:

– Douglas, deixe a menina falar. Já se passaram quase dez anos. A vida não é eterna, você sabe.

Enquanto ele estava ocupado pensando em lhe dizer para não se meter também, digo:

— Ele não quis a herança, o senhor sabe. Ele disse que sua mãe não o favorecia.

O senhor Douglas virou-se e disse:

— Tenho certeza de que Chauncy, o charmoso, lhe disse um monte de coisas. Ele acha que consegue se safar de qualquer encrenca conversando, mas dessa vez sua lábia não vai ajudar. Não quero nem ouvir!

Nesse momento é que eu percebo que ele não sabe de nada.

— O senhor está errado. Chauncy não disse nada para mim. Ele nem sequer consegue, porque fez uma traqueostomia.

A revelação o paralisa. Sua esposa lhe diz:

— Quando, querida? Quando foi que isso aconteceu?

Ergo os ombros e digo:

— Deve ter sido há muito tempo, mas eu não sei direito. Só sei que ele está morando na casa sem aquecedor ou eletricidade, nem telefone, nem nada e que ele não consegue falar.

O senhor e a senhora LeBard trocam olhares, como se estivessem absorvendo tudo isso, finalmente, ela diz:

— Sem aquecimento? Nem luz? E a herança? Ele não pode ter gastado tudo! Nossa, o avalista disse que...

Douglas a interrompe dizendo:

— Deixe isso de lado! Se ele gastou todo o dinheiro, agora merece o sofrimento, e se ele não aprendeu a lição depois de tudo que aconteceu com a mamãe, problema dele.

Olho para o senhor LeBard e pergunto:

– O que foi que aconteceu com sua mãe?

Ela diz baixinho:

– Ela morreu de câncer de pulmão, minha querida. Douglas passou anos insistindo para que ambos parassem de fumar, mas...

– Courtney, agora chega! Não temos nada a ver com isso e esses problemas não são nossos. Se ele ficou doente, não há nada que eu possa fazer. Se ele gastou a herança, azar.

– Desculpe, mas não parece que ele gastou dinheiro em mais nada. Talvez se o senhor fosse até a casa dele e conversasse...

Foi a gota d'água.

– Não me diga o que fazer, e não fique aí esperando que eu me justifique para você!

Ele passa por mim.

– Com licença, saia da frente.

A senhora LeBard o acompanha e me olha da varanda, mas fica óbvio, pelo jeito que a porta bate, que ela não vai me convidar para entrar e comer biscoitos amanteigados.

Fico ali parada na entrada, feito uma estátua, pensando. Logo meu cérebro está trabalhando tão vertiginosamente que não consigo manter-me ali, preciso ir andando.

Então, caminho até a Avenida Broadway, viro à esquerda, em direção ao brechó. E enquanto vou andando, meu cérebro fervilha, tentando captar algo que me escapa. Como se eu estivesse tentando arrancar um peixe de dentro d'água – toda vez que vou agarrá-lo, ele foge porque não enfiei a mão no lugar certo.

Tenho que esperar que o sinal da Rua Stowell abra, então, fecho os olhos e tento imaginar a cena na noite do Halloween. Finjo que sou o Chauncy, com as mãos e os pés amarrados e uma máscara de borracha no rosto. Logo meu coração acelera, sinto claustrofobia, e não consigo respirar. Cai a ficha: talvez a pessoa que tentara roubar Chauncy LeBard não soubesse que ele tinha sido operado. Talvez a máscara do Frankenstein fosse mais do que uma venda. Talvez o Homem Esqueleto não soubesse que a máscara não o sufocaria. Talvez, só talvez, a pessoa que assaltara Chauncy LeBard queria tanto uma coisa que até mataria para consegui-la.

Talvez fosse isso, ou então a pessoa simplesmente queria que ele morresse.

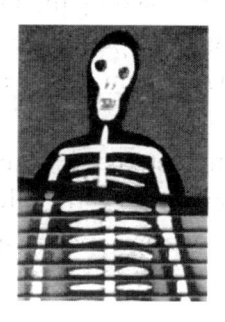

DEZ

Eu não sei por que, mas pensar que o Homem Esqueleto pudesse ter tentado matar Chauncy me assustava. Quer dizer, eu achava que ele estava atrás de alguma coisa, não de uma pessoa. E eu estava tão confusa que não reparei que a luz do sinal estava verde até que ela tivesse voltado para o vermelho.

Quando o sinal abriu de novo, comecei a correr. Passei por postos de gasolina e lojas, galerias, e quando cheguei bufando ao brechó, já me sentia bem melhor. Como se eu tivesse conseguido vencer o Homem Esqueleto na corrida, pelo menos por enquanto.

Geralmente não encontro nada que eu goste muito no Empório Econômico. Muitas roupas são legais, eu acho. Sem etiquetas que pinicam e, pelo menos, elas não encolhem. Quer dizer, ali, a gente não encontra nada que diminua depois ter sido jogado na máquina de lavar.

O problema do brechó é que as roupas são meio estranhas. Tipo cor-de-rosa com laranja, se é que você me entende. Estampas floridas. Muito floridas. E se a gente encontra uma roupa com cores normais e sem flores, provavelmente é de poliéster ou plástico. Ou então ela tem um monte de zíperes e botões nos lugares mais esquisitos. Então, passei pelas araras de roupas até o fundo da loja, onde ficam os tênis. A maior parte dos sapatos é pior do que as roupas. Tamancos e sapatos de plataforma, tênis que parecem pés de pato – mas no meio de todos esses pares horrendos a gente encontra uns tênis de cano alto legais. Bem legais, por sinal. Logo reparei num par de tênis preto e branco.

O problema é que eles são um pouco grandes para mim. Experimentei os tênis mesmo assim, achando que talvez eu pudesse usá-los com dois pares de meias até que meus pés crescessem mais um pouco, mas foi só dar uma voltinha na loja para perceber que eles ficavam largos feito nadadeiras muito usadas.

Deixei de lado o par preto e branco e comecei a procurar por outro, mas o tênis que me servia era xadrez. Vermelho e rosa, para piorar.

Então dei mais uma olhada na loja, achando que talvez eu me acostumasse com as nadadeiras, mas, finalmente, sentei e calcei de novo meus tênis verdes.

Estava a caminho da porta, passando pelos abajures, livros, torradeiras e liquidificadores, quando reparei numa coisa. Não que eu estivesse prestando atenção, estava pensando em tênis, você sabe? Então eu os vi sozinhos, como que enfeitando uma mesa de fórmica preta.

Eles não eram de prata, nem de aço ou alumínio. A cor deles era cinza, meio opaca. Mas quanto mais os olhava, mais certeza eu tinha de que aqueles eram os castiçais de Chauncy.

Não fiquei muito tempo tocando-os e examinando-os. Dei a volta na mesa dizendo a mim mesma:

– Não! Não pode ser...

Depois tive a ideia de verificar a base dos castiçais. Sabia que a senhora da caixa registradora não me daria uma caneta para marcá-los, então usei o melhor que tinha – cuspe. Marquei a base do castiçal na mesa com cuspe. E quando o ergui, eu não tinha certeza plena, mas a marca que o castiçal deixara na casa empoeirada de Chauncy e o círculo que marquei com cuspe eram do mesmo tamanho.

Virei o castiçal e encontrei o preço – 10 dólares e 75 centavos pelo par. Isso era muito mais do que eu gostaria de pagar por castiçais que talvez nunca tivessem entrado na Casa do Arbusto.

Então fui até a caixa registradora. Direto até Sissi.

A maioria das pessoas acha que Sissi é um pouco estranha, mas eu sei que ela é bem esperta. Dá a impressão de ser uma sacoleira, e já ouvi boatos que ela trabalhou nisso, enfim, foi colecionando tanta coisa diferente que teve que abrir a loja para guardar tudo o que tinha.

Sacoleira ou não, ela parece um comercial ambulante da própria loja. Sissi usa chapéus e fitas e montes de poliéster cor de laranja e rosa e mais bijuterias para todo lado. Todas as vezes em que entrei no Empório Econômico, ela foi amável comigo – como se lembrasse de mim, embora eu só visite a loja algumas vezes por ano.

Ela me fitou por sobre os óculos.

– Não encontrou nada do seu tamanho?

No começo não entendi do que ela estava falando – estava pensando nos castiçais. Depois percebi que ela devia estar me observando enquanto eu procurava tênis.

– Não.

Olho para meus tênis de Monstra do Pântano.

– E se eu não encontrar nada logo, minha avó vai me obrigar a ir ao shopping.

Sissi franze o nariz e depois olha para os meus pés, debruçando-se sobre o balcão.

– Que pena que eles já estão tão gastos. Esta cor é linda.

Olho para ela e começo a rir, mas então percebo que ela foi sincera e mudo de assunto.

– Há quanto tempo você está com esses castiçais?

Ela olha para eles pela parte de baixo das lentes, suas sobrancelhas desaparecendo sob a franja.

– Eles são novos. Por que você quer saber?

Tento pensar em algo que não seja uma mentira enorme, quando Sissi olha para mim pelo meio dos óculos e diz:

— Ã-ã! Diga logo.

Respiro fundo e respondo:

— Isso é importante. Eles pertenceram a um amigo meu.

Ela pensa um pouco no que eu lhe disse.

— Eu não teria tanta certeza. Eles foram doados. Alguém os deixou numa caixa do lado de fora da loja.

Ao ouvir isso, meu coração dispara.

— Havia algo mais junto com os castiçais?

— Eles estavam dentro de um saco junto com uma torradeira. Ela só tinha um fio quebrado. Eu a consertei e pus à venda. Ficou nova em folha.

Agora meu cérebro está zumbindo e estalando, pensando "Droga!", porque se ela não tivesse limpado a torradeira daria para tirar as impressões digitais.

— Que tipo de torradeira é?

Sissi caminha até a mesa e a levanta.

— Você está parecendo uma policial, sabia?

Levanto o objeto e reparo que está com uma etiqueta de preço marcando oito dólares e cinquenta centavos.

— Posso pegar essa torradeira emprestada e o par de castiçais só por um dia?

Ela atira a cabeça para trás e dá risadas.

– Essa é boa. Imagino que você vai dizer que foram roubados. Eu já ouvi isso antes.

Ela volta à caixa registradora e senta-se em seu banquinho.

– Não vou abaixar o preço deles, não.

Então, fico parada tentando imaginar um jeito de pagar por coisas que nem quero comprar, quando ela bate no cartaz escrito: ÚLTIMA LIQUIDAÇÃO.

– Não fique tendo ideias extraordinárias, menina.

Suspiro e digo:

– Olha, eu tenho quase dezenove dólares, mas com o imposto...

Ela ergue os olhos imediatamente.

– Dinheiro vivo? Esqueça o imposto. Dou um desconto. Vamos fazer por dezenove mesmo, se você só tem isso.

Ela pega meu dinheiro, enfia no bolso, coloca os castiçais e a torradeira numa sacola de papel, e diz:

– Volte sempre!

Não demorou muito para que eu percebesse o quanto tinha sido idiota em dar a Sissi todo o dinheiro que tinha. Agora não dava para voltar de ônibus. Em vez disso, teria que caminhar por toda a avenida com meus sapatos verdes e a sacola pesada, cheia de tranqueira.

Enquanto andava, pensava sem parar. Antes de ir para casa, ou até o Hudson, precisava dar um pulinho na casa de Chauncy e verificar se essas coisas lhe pertenciam. Então, quando chego à Rua stowell, viro à direita e continuo caminhando até a Rua Miller. Depois ando sem parar até chegar à Rua Orange.

Desci pela rua como se não houvesse ninguém no mundo. Peguei um graveto e o passei pelo portão do vizinho de Chauncy, bati na placa onde estava inscrito "À venda", depois, fui me esgueirando até chegar ao túnel de arbustos que dava para a porta da casa dele, como já fizera tantas vezes antes. Meu coração não disparou, meus joelhos não tremeram. Bati na porta e gritei:

– Chauncy! Abra a porta! Oi, Chauncy, é a Sammy! Abra para mim!

Mas ele não abriu a porta. E logo eu me canso de bater na madeira lascada e acho que ele não consegue me ouvir porque está no quintal dos fundos observando o passarinho.

Então dou a volta, quebrando galhos e me arranhando como se eu fosse dona do lugar, e claro, lá está o Chauncy, de binóculo. E como a cadeira enferrujada que ele usou da última vez em que o visitei está do lado de fora, sento e fico aguardando.

Espero muito tempo. Quando ele finalmente tira o binóculo e olha para mim, diz apenas:

– Você é persis... tente.

Como se estivesse me repreendendo.

Mas eu dou um sorriso, tiro um castiçal e o coloco sobre sua mesinha rústica.

– Isso é seu?

No começo ele olha para o castiçal, depois para mim. Finalmente, o apanha como se fosse de cristal e não de estanho, faz que sim com a cabeça enquanto o examina cuidadosamente.

Tiro o outro de dentro da sacola.

– Você tem certeza de que eles são seus?

Ele os segura e faz que sim com a cabeça mais rapidamente.

Então tiro a torradeira e pergunto:

– E isso aqui?

Bem, a torradeira era a última coisa que Chauncy esperava que eu tirasse de dentro de minha sacola mágica. Ele coça a cabeça.

– Por... onde... foi que você andou?

Então, eu lhe conto tudo. Inclusive como tive que pagar quase vinte dólares para tirar essas coisas do Empório Econômico.

Na hora em que ele me escuta falar de dinheiro, o que é que ele faz? Chauncy enfia a mão no bolso e tira sua carteira. Enquanto procura uma nota de vinte, seus olhos se arregalam e eu digo:

– Quando foi que você recuperou sua carteira?

Ele me entrega o dinheiro, depois fecha a carteira.

— A polícia a encontrou perto do shopping.
Paro um minuto para pensar nisso.
— Estava faltando alguma coisa?
Chauncy faz que não com a cabeça.
— Foi o Policial Borsch que a trouxe de volta?
Ele concorda.
— Ele contou algo mais – tipo quem são os suspeitos?
— Não.
Eu meio que murmuro.
— Faz sentido.
E, por um breve segundo, penso ver um brilho nos olhos de Chauncy, que some tão rapidamente quanto surgiu.
Ficamos um tempinho sentados e depois pergunto:
— Você deu falta de mais alguma coisa? Qualquer coisa?
Novamente, ele faz que não com a cabeça.
— Mas você já olhou bem?
Ele ergue os ombros e desvia o olhar.
Agora, diante do jeito como ele treme e dá de ombros, vou ficando bem frustrada. Então, pego a torradeira, enfio de volta na sacola e digo:
— Tudo bem, me diga então por que alguém entraria na sua casa para roubar coisas tão insignificantes?
Chauncy olha para os pés e levanta os ombros.
Digo bem suavemente:
— O Homem Esqueleto queria matar você, não é mesmo?

Durante um bom tempo, ele fica ali parado, mas finalmente ergue os ombros.

– Você acha que era o seu irmão, não é?

Ele fica de pé rapidamente e começa andar de um lado para o outro, balançando a cabeça:

– Por que... agora? Por que... o... disfarce?

Ele se senta de novo, tira os castiçais do lugar e diz:

– Obrigado – depois enfia a cabeça entre as mãos.

Percebo que ele deseja ficar sozinho, então pego a sacola e saio pelo mesmo caminho por onde entrei. Quando estava quase chegando em casa, decido que não é para lá que devo ir.

Preciso mesmo é ir até a delegacia.

ONZE

Eu não queria ter outra conversa com o Policial Borsch, mas não sabia mais o que fazer. A torradeira, de algum modo, tinha a ver com o Homem Esqueleto, mas eu não sabia como.

Lá estou eu caminhando, pensando em assassinos e torradeiras, e como Chauncy provavelmente preferia morrer a contar para a polícia sobre o que seu irmão tentara fazer contra ele, quando reparo em dois homens discutindo do outro lado da rua.

Sei que não tenho nada a ver com isso, porque eles ficam apontando e gritando, mas desacelero o passo mesmo assim, e logo já estou praticamente parando para ouvi-los. Ambos têm quase a mesma idade, mas um parece mecânico e o outro – bem, aposto um tênis de cano médio como o cara tem um armário cheio de gravatas e um celular no carro.

Mister Celular está gritando:

– Olha, estacione esse treco na sua garagem, na sua entrada, em qualquer outro lugar da rua, mas não pare esse negócio na frente da minha casa! Você está burlando a lei e sabe disso. Aqui não é ponto comercial. Se você quer um lugar para vender carro usado, alugue uma loja do outro lado da cidade!

Observo ao meu redor e, por baixo, vejo cerca de dez carros usados em volta da casa do Mecânico. Ele limpa a mão num trapo.

— Não estou desobedecendo à lei nenhuma. Você já chamou a polícia tantas vezes que deveria saber disso.

— É que quando eles estão chegando, você tira os carros e estaciona em outro lugar!

Mister Celular esfrega a testa e diz:

— Olhe, por favor. Estou tentando vender essa casa e não vai dar se você larga esse monte de carro velho bem na porta.

O Mecânico dá uma risadinha e diz:

— Desculpe, cara. Isso é problema seu, não meu — depois sai andando.

Dá para perceber só de olhar as mãos do Mister Celular se preparando para dar socos que o negócio ia acabar mal, mas ele marcha de volta para sua própria casa e bate a porta.

Começo a caminhar novamente e estou a uma quadra da delegacia quando alguma coisa começa a soar como um guizo no meu cérebro. No começo é bem baixinho — só um pequeno tilintar. Mas depois que você o percebe, é como um gorila sacudindo sua jaula. E quando a porta da jaula se abre, paro de me dirigir até a delegacia e viro em direção ao shopping à procura de uma cabine telefônica.

Folheio as Páginas Amarelas tentando lembrar o nome do anúncio. Sei que era Sol-Alguma-Coisa, então continuo procurando até que encontro: Imobiliária Pôr do Sol.

Quando uma mulher atende ao telefone, aperto o nariz e digo:

— Vocês têm uma casa na Rua Orange? O número vinte e nove? Você poderia me dar algumas informações sobre ela?

Eu a ouço falando que é uma linda-casa-três quartos-estilo-campestre e quando ela faz uma pausa para respirar pergunto:

— Faz tempo que a casa está à venda?

E o que é que ela responde?

Nada. Absolutamente nada. Bato no telefone e pergunto:

— Alô? A senhora está me ouvindo?

— Hum, sim. Desculpe. O que foi que você me perguntou?

— A casa está à venda há muito tempo?

— Já faz um tempinho, sim, mas o preço que passei a você está bem baixo para o mercado. O proprietário quer mesmo vendê-la. Gostaria de agendar uma visita?

A última coisa que quero é visitar a casa do senhor Serra-elétrica, então, aperto o nariz de novo e digo:

— Primeiro preciso conversar com meu marido.

Então, enquanto ela tenta pegar meu nome e telefone, digo:

– A senhora não se incomodaria em falar um pouco do vizinho primeiro?
– O vizinho?
– A senhora sabe. Aquele com os arbustos.
Ela só suspira.
– Eu não sei qual é a situação dele. Veja. A casa é linda. Tenho certeza que a senhora adoraria o imóvel se fosse vê-lo. Eu poderia encontrá-la em meia hora, se a senhora estiver disponível...
Eu lhe digo que voltarei a telefonar e desligo. Depois, cruzo a rua em direção à delegacia. E quando estou na entrada dela, um carro-patrulha chega a toda a velocidade e praticamente me atropela.
Quase grito um " Ei! Cuidado aí!" quando vejo que é o Policial Borsch quem está dirigindo e agindo como se não tivesse me visto.
Aceno para ele, mas o policial continua a me olhar como se eu não existisse. Finalmente, começa a manobrar para dar a volta em mim, mas eu me adianto uns passos e bloqueio o caminho dele.
Seu Bombado está bem ao lado dele e faz sinal para que eu me afaste. Levanto a sacola de papel e grito:
– Tenho uma coisa para mostrar a você!
O Policial Borsch limpa os óculos de sol e os deixa de lado, gritando:
– Eu lhe disse para não se meter nessa encrenca!
Porque ele já sabe que não estou ali para lhe mostrar compras de supermercado.

— Mas eu tenho provas!

O Policial Borsch esfrega a testa para afastar uma dor de cabeça enquanto o Bombado se espreme para sair do assento do passageiro e diz:

— Vamos conversar dentro da delegacia.

Ele me acompanha e, quando o Policial Borsch nos encontra um pouco depois, me conduz diretamente para o corredor e praticamente me joga dentro da sala de interrogatório. Enquanto ele está puxando as calças e ajustando o cinturão, diz:

— Sente-se – como se estivesse cuspindo.

Eu o obedeço, mas reviro os olhos para o Bombado sussurrando:

— Que mau hálito! Ele precisa usar antisséptico bucal!

O Bombado tenta manter-se sério, mas dá para perceber – ele já tinha pensando nisso. Mais de uma vez. E por um breve segundo, ele sorri para mim. Nisso, o Policial vem a toda:

— Que conversa foi essa?

O Bombado responde:

— Não foi nada. Ela só...

E dá para perceber, pelo jeito duro no queixo dele, que o cara está com vontade de sumir voando dali.

Entro no meio da história.

— Veja, eu vim até aqui andando. Posso tomar um copo d'água? Qual é o problema?

O Policial Borsch encara seu colega apertando os olhos. Depois inclina a cabeça uma fração de milímetro para um lado e o Bombado sai correndo para apanhar um copo d'água.

No início, o Policial Borsch anda de um lado para o outro como se fosse um leão enjaulado. Depois, se debruça sobre a mesa, apoiando-se nos dedões e pergunta:

– Você sabe o que passamos por sua causa? Você tem uma vaga ideia?

Olho para baixo, porque da última vez em que me meti num caso do policial, ele ficou megaencrencado.

– Eu só estava tentando ajudar.

– Sou policial há vinte e seis anos. Vinte e seis anos! E depois daquela história do Hotel Heavenly, Jacobson tentou me forçar a pedir uma aposentadoria precoce. Quando recusei, ele me obrigou a fazer a patrulha com esse... esse....

Ele está louco para dizer "imbecil", mas não consegue. Se existe uma pessoa que o policial detesta mais do que seu novo parceiro, esta pessoa sou eu.

Eu estava começando a ficar um pouco nervosa. Estar na mesma sala com o Policial Borsch gritando e cuspindo é como se ver dentro de um forno micro-ondas do lado de uma linguiça – é só uma questão de tempo até tudo virar a maior meleca. Então, senti alívio quando o Bombado voltou com uns copos de água. Ele trouxe três: dois nas mãos e um na boca. Ele os entrega ao policial e pergunta:

– Então, onde foi que paramos?

O Policial Borsch olha para a luz fluorescente que está piscando, respira fundo e diz:

– Que prova foi essa que você trouxe?

Então, tiro a torradeira do saco de papel e a coloco sobre a mesa. Na hora em que fiz isso, percebi que devia ter contado primeiro a história toda e depois mostrado a prova, porque, logo em seguida, o policial balança a cabeça e diz:

– Olha só que bonitinha! Ela nos trouxe uma torradeira toda torrada!

Agora eu fico com vontade de embrulhar a torradeira e ir para casa, mas não faço isso. Fecho os olhos, respiro fundo e digo:

– Se vocês puderem por gentileza me ouvir...

O Bombado diz:

– Vá em frente, Sammy. Conte a sua história.

Então eu conto sobre minha ida ao Empório Econômico, como reparei nos castiçais e como a Sissi me contou que eles tinham sido doados numa caixa.

O Bombado parece bem interessado, mas o policial só diz assim:

– Então, onde estão os castiçais?

Digo que fui até a casa de Chauncy e como ele ficou feliz quando os recuperou.

– E a torradeira?

– Não é dele.

O Policial Borsch diz:

– Então se a carteira dele foi encontrada e ele recuperou os castiçais, acho que todos os seus pertences foram devolvidos.

Foi tipo "ok, caso encerrado."

Eu digo suavemente:

– Esta torradeira deve estar ligada ao Homem Esqueleto. Eu não sei como, mas já que o negócio está virando um caso mais sério do que só um furto, alguém precisava ir mais a fundo.

O Bombado diz:

– O que você quer dizer com "mais sério do que um caso de furto"?

– Acho que talvez o Homem Esqueleto estivesse tentando matar o Chauncy.

O Policial Borsch revira os olhos, ergue as mãos ao ar e murmura:

– Por que eu?

Quase fui embora. Mas o Bombado ergueu a mão e disse:

– Hoje foi um longo dia, Sammy. Diga-nos por que você acha isso, mas tente falar coisa com coisa, certo?

Então eu lhe conto a teoria do sufocamento, do problema de Chauncy com o irmão por causa da herança e como Douglas não sabia que seu irmão tinha feito uma traqueostomia. E o tempo inteiro fico pensando que, quando Chauncy descobrir o que fiz, vai querer me matar.

Quando termino, olho para o Bombado e ele está muito ocupado empurrando as cutículas e balançando a cabeça como se concordasse, como se minha teoria fizesse sentido.

Então, eu digo:

— Existe alguém mais que seria bom investigar.

O Bombado pergunta:

— E quem é?

— O vizinho de Chauncy. Você sabia que ele colocou a casa à venda?

O Policial Borsch dá uma risadinha:

— Dá pra entender. Mas o que isso tem a ver?

Então eu lhe conto sobre o senhor Serra-elétrica e como Chauncy dissera que ele não gostava nada desse seu "santuário". Depois, falo sobre meu telefonema para a imobiliária e como eu tinha certeza de que a casa estivera à venda por muito, muito tempo.

Então, ambos ficam parados ali por um minuto, depois o Bombado diz:

— Será que o vizinho sabe da operação?

— Não sei.

O Policial Borsch diz:

— Então, temos um irmão irritado por causa da herança e um vizinho que não consegue vender sua casa. É isso?

Ergo os ombros.

— É um começo.

Ele se vira um pouco e diz:

— Vamos investigar.

Certo.

Mas não tenho muito mais o que fazer. Então entrego a torradeira para o Bombado e sussurro:

— Não deixe que ele jogue no lixo.

Quando volto para o asilo, subo pela entrada dos fundos, como sempre, dou uma olhadinha no corredor para ver se a senhora Graybill está espiando, como sempre. Mas, desta vez, a porta do apartamento dela está fechada.

Então, vou a toda pelo corredor, e teria entrado direto no apartamento da Vovó — mas quando estou virando a chave, ouço algo inacreditável. Vou na ponta dos pés até o apartamento da senhora Graybill e colo minha orelha na porta. Música.

Fico ali parada, ouvindo o som dos violinos e violoncelos flutuar e penso:

O que será que está acontecendo? Quer dizer, ouvir música na casa da senhora Graybill é como ver um gato comendo brócoli — algo que nunca se espera.

Queria bater na porta só para ver se a senhora Graybill estava mesmo em casa, mas, em vez disso, virei e voltei para meu apartamento. Fechei bem a porta e disse:

— Vovó! Cheguei!

Vovó responde da cozinha:

— Estou aqui!

E, quando chego lá, ela ergue o dedo e fala no telefone:

– Está certo, então. Vejo você à noite. Até logo.
Quando ela desliga, eu digo:
– Uau! A vovó vai sair com um namorado!
Isso a deixa com o rosto vermelho.
– Cuidado com a língua, mocinha!
Ela ajusta os óculos e olha para mim como se estivesse conferindo os ingredientes de uma caixa de cereais.
– O senhor Graham convidou nós duas para jantar, então não pense bobagens!
Bem, tudo parecia um pouco estranho para mim, mas, para ser sincera, não gastei muito tempo pensando nisso. Tinha outras coisas em mente. Como o policial e o Homem do Arbusto.
E mais tudo o que eu precisava enfiar na minha mochila para que, depois do jantar, eu pudesse desmascarar todas as mentiras da Heather Acosta.

DOZE

Você pode pensar que, com o monitor debaixo da cama e tudo mais, seria fácil pegar a Heather na mentira, mas não foi. Em primeiro lugar, eu precisava comprar um gravador. Vovó não tinha um e eu não queria pegar o da Marissa emprestado. Ele é do tamanho de um balde de gelo e tem alto-faltantes separados – não é exatamente o melhor gravador para uma operação secreta.

Além disso, Marissa nem poderia ir. Ela e Mickey estavam sendo obrigados a jantar no Landmark – uma exibição aos novos clientes de como suas filhas eram educadíssimas num jantar formal com catorze talheres. Posso imaginar a Marissa lá, mas o Mickey? Ele ia atirar ervilha pela sala e colocar o pé para o garçom tropeçar com a bandeja de sobremesa antes mesmo que as pessoas tivessem começado a cortar seu filé.

Dot também não poderia ir, então nem me dei ao trabalho de perguntar a ela sobre o gravador. Perguntei ao Hudson.

O problema em pegar um gravador emprestado com o Hudson é que eu tive que fazer isso na frente da Vovó. E mesmo que ela compreendesse todo o meu problema com a Heather, não acho que me deixaria levar o meu plano adiante.

Como era de se prever, ela perguntou:

— Para que você precisa de um gravador?

Eu sorri e disse:

— É para um projeto de pesquisa, Vovó...

Isso me parecia uma boa resposta.

Ela não engoliu.

— Pesquisa? Para quê?

— Para a escola, Vovó. Preciso dele para a escola.

Eu já sabia qual seria a próxima pergunta — "Para que matéria?" — mas Hudson me salvou.

— Claro que tenho um gravador. De que tipo você precisa?

— Não interessa de verdade. Qualquer um que funcione.

Ele me leva até seu estúdio e começa a tirar gravadores do fundo da gaveta.

— Eu tenho um micro, um gravador padrão, um de fita...

E antes que eu me dê conta, a escrivaninha dele está coberta de gravadores, fios e pequenos microfones. Ele para e olha para mim.

— Você, ahn, provavelmente você não quer ficar enrolada com fios, certo?

Minha boca me denuncia com um sorrisinho.

— Talvez por causa do tamanho do fio?

— Não dá para ser muito longo.

Ele concorda como se soubesse exatamente o que desejo fazer com o gravador e, enquanto eu o observo, fico com a sensação de que Hudson tem todos esses gravadores não porque ouve música ou palestras, mas porque passa muito tempo espiando as pessoas.

E quando estou para lhe perguntar por que ele tem tantos gravadores, um cantinho do meu cérebro me diz que, se eu fizer isso, ele vai me perguntar a mesma coisa. Então, quando ele me entrega o gravador (um pouco maior que um sabonete) e diz:

– Este aqui será ótimo para você!

Eu o aceito e digo:

– Perfeito!

Ele procura em outra gaveta e encontra uma fita, depois diz:

– Vocês também vão precisar de pilhas novas. Deixe que eu mostre as que tenho.

Ele desaparece e volta um minuto depois com duas minipilhas, que põe dentro do gravador. Depois entrega tudo com uma piscadela.

– O equipamento perfeito para um projeto de pesquisa. E agora, que tal um pedaço de torta de nozes?

Comi a torta num minuto. E enquanto Vovó e Hudson estão conversando e comendo suas fatias, fico brincando com o gravador, me acostumando a apertar os botões certos sem ter que olhar. A última coisa que quero na vida é ficar no escuro e apertar o botão errado quando Heather estiver fingindo que sou eu.

Depois da sobremesa, Hudson diz:

— Você sabe, a noite está linda. Por que não saímos para dar uma volta?

Eu digo:

— Não posso. Preciso continuar a trabalhar em minha pesquisa, mas podem ir em frente.

Vovó me lança um olhar preocupado.

— Mas...

Eu digo:

— Não se preocupe, Vovó. Ficarei bem. Mais tarde a gente se encontra lá em casa, certo?

— Você ainda não me disse que projeto de pesquisa é esse, Samantha.

— É da escola, Vovó.

Hudson interrompe a Vovó antes da próxima pergunta.

— Sammy me parece ser uma jovem muito responsável. Poderíamos deixá-la com seu projeto de pesquisa, e a senhora deveria me acompanhar num passeio noturno. Isso sempre me faz bem e eu adoraria ter companhia.

Vovó nos observa por um segundo, depois faz que sim com a cabeça e diz:

— Bem, pelo menos você está fazendo sua lição de casa. Estava começando a pensar que você não tinha dever, ou então que não estava fazendo o que era preciso.

Era verdade. Eu não tinha feito nenhum dever de casa. Mas agora não dava para me enfiar nos livros.

Tinha trabalho de verdade pela frente! Então, só disse assim:

– Daqui a pouco a gente se vê!

Dei-lhe um beijo rápido no rosto e saí correndo pela porta.

A noite estava mesmo linda. Clara, a lua parecendo um pires branco, tentando cobrir as estrelas. Olhava para a lua enquanto caminhava, e parecia que ela me fazia companhia durante o trajeto até a casa de Heather.

Na horinha em que cheguei no canteiro de espirradeiras ao lado do portão da Heather, dei rapidamente uma olhada em volta e entrei.

Se a Vovó tivesse me visto fazendo isso, teria um ataque. Não só porque eu estava me escondendo atrás do arbusto da casa de outra pessoa, mas porque esses mesmos arbustos eram venenosos. Não um veneno leve, tipo de urtiga, mas peçonhento como cogumelos, daqueles que, se você comer, vai se arrepender muito.

Eu não estava planejando comer folha de arbusto, embora isso não me incomodasse nem um pouco. Só fiquei prestando atenção se havia gente por perto, e quando tive certeza de que estava só, fugi por debaixo da cerca até ficar atrás de uma moita perto da janela de Heather.

Tirei o monitor de dentro de minha mochila e o liguei. Mexi um pouco o botão do volume, depois tirei o gravador e o testei algumas vezes só para ter certeza de que estava funcionando direito. Finalmente, me encolhi e fiquei esperando.

Esperei muito tempo. E uma coisa eu digo a você, num minuto estou gelando. E depois de quase uma hora batendo os dentes de tanto frio, meus dedos começam a ficar azuis dentro dos sapatos verdes. E me pergunto se o monitor está funcionando direito ou talvez esteja fora de alcance, porque só consigo ouvir estática.

Depois o telefone toca. E toca mesmo. Dou um salto e bato a cabeça num galho, e abaixo o volume do monitor o mais rapidamente possível. Depois do sétimo toque, a luz se acende no quarto de Heather e eu a ouço dizendo:

– Alô? Alô?

Mas imagino que ela tenha ficado cansada de esperar porque Heather bate o telefone e depois o quarto fica escuro outra vez.

Eu deveria ter ido para casa bem nessa hora, mas não fui. Fiquei ali sentada, sentindo cada vez mais frio, até que não consegui mais aguentar. Quando finalmente resolvi desistir, peguei a mochila e comecei a correr. Fui voando até minha casa e quando estava quase entrando no apartamento, já me sentia mais aquecida.

Esperava levar uma bronca por ter chegado tão tarde, mas quando fui dar uma olhada no quarto da Vovó, percebi que ela ainda não estava em casa. Escovei os dentes, tirei as folhas de arbusto dos cabelos, e assim que me aconcheguei no sofá, a Vovó entrou.

Murmuro:

– Oi...

Como se eu tivesse ficado horas dormindo.

Ela sussurra:

– Adormeça, minha querida. Converso com você de manhã.

Depois ela desapareceu em seu quarto.

No dia seguinte, eu só conseguia pensar na estúpida da Heather Acosta e como eu não tinha conseguido surpreendê-la dando um telefonema dizendo que eu era a tal da pobrezinha morrendo de paixão pelo Jared Salcido. E acho que não estava com uma cara muito feliz, porque na hora do almoço Vovó disse:

– Parece que você está morrendo de tédio, Samantha. Não tem lição de casa, ou algo assim para fazer?

– Lição?

– Você disse que estava fazendo uma pesquisa...

– Ah, isso. Sim. Bem, é um projeto enorme. Hoje à noite, vou tentar fazer uma reunião com a Marissa e a Dot para terminá-lo.

Podia perceber que a Vovó ia me fazer mais perguntas sobre meu projeto de pesquisa, então levantei-me e disse assim:

– Ei, eu disse ao senhor Bell que voltaria para apanhar seu livro. Acho que vou até a livraria ver se já chegou sua encomenda.

Ela murmura sozinha por um minuto, depois balança a mão.

– Vá.

Já estava porta afora e na metade do corredor quando percebi que havia algo estranho com a porta da senhora Graybill. Quer dizer, ela estava totalmente fechada, o que já seria de estranhar, mas na soleira vi a pontinha de um envelope amarelo.

Provavelmente teria continuado a caminhar, mas não fiz isso. Voltei até a porta da senhora Graybill e, antes que me desse conta, já tinha tirado o envelope debaixo do tapetinho de entrada. Parecia uma espécie de cartão e no envelope estava escrito: *Senhora Daisy*, com uma letra que me fez pensar num fantasma.

Fiquei olhando uns dois segundos para o envelope, nisso, a senhora Daisy abre a porta. Ela fica parada de pé, mãos na cintura, com aquela cara típica de senhora Graybill à qual me acostumei; está toda embrulhada num roupão cor-de-rosa, o cabelo liso solto até a cintura, com um jeito muito detonado.

Bem, fiquei sem jeito. Completamente. Quer dizer, acho a senhora Graybill uma chata porque ela se mete em tudo, e lá estou eu, mexendo na correspondência dela. E de repente, posso ver a mim mesma com cinquenta anos, olhando pela janela de binóculo, ou espiando as pessoas que passam pela fresta da porta.

E foi aí que eu tive uma revelação terrível: Daisy Graybill nem sempre fora uma velha senhora desarrumada, com um roupão velho cor-de-rosa e cabelo oleoso. Quando ela era jovem, deve ter sido muito parecida comigo.

Um pensamento desses pode arrepiar qualquer um. Pensar assim pode deixar qualquer pessoa sem palavras. Fiquei ali com as bochechas pegando fogo e levantei o envelope para ela:

– Pegue. Desculpe.

Já estava esperando que ela tivesse um ataque e dissesse que eu não tinha nada que estar no prédio e que mandaria o síndico me expulsar, mas ela só apanhou o cartão e bateu a porta.

Fiquei olhando para o número do apartamento tentando afastar da mente a imagem da senhora Graybill de chinelos, mas depois de um minuto dei a volta e fui até a livraria.

Quando entrei na loja, a primeira coisa que ouvi foi o senhor Bell praguejando. Ele me vê e diz:

– Ah, Sammy, desculpe. Eu não sabia que você estava aqui.

– Aconteceu alguma coisa?

Ele arregaça a manga que logo cai novamente sobre seu braço.

– Ah, não é nada.

Depois, ele olha para mim, suspira e diz:

– É este extrato de banco. Estou tentando organizar as finanças para vender a loja, mas...

Ele bate na escrivaninha:

– Nem consigo encontrar uma caneta!

Fico parada um minuto, pensando se é sério ou não. Quer dizer, o senhor Bell é uma dessas pessoas que a gente sempre vê por perto, portanto sempre se espera que elas fiquem no mesmo lugar. Seria como se o Frei Matias dissesse que estava abandonando a igreja Santa Maria depois de trinta anos.

— Vender a loja? É sério?

— Sim.

Ele solta um suspiro e diz:

— Como posso competir com os shopping centers? A maioria das pessoas que vem aqui não tem dinheiro e muitas delas nem sequer trabalham. Clientes respeitáveis vão ao shopping. Dediquei a vida inteira a esse lugar e o que recebi em troca? Conta no vermelho.

Ele pousa as duas mãos na escrivaninha e se inclina um pouco.

— Quero vender a loja, sim. O único problema é encontrar quem compre.

Ele solta uma risada que não soa muito divertida.

— Você conhece alguém que esteja interessado em investir num sebo?

Eu o observo e fico pensando se ele está falando sério ou está num mau dia. Depois, digo:

— Se o senhor realmente quer vender a loja, Hudson Graham estaria interessado. Ele adora livros. Ele ou o Chauncy LeBard.

De repente, o senhor Bell fica bem quieto. Ele olha firme para mim.

— Então você conhece Hudson Graham.

– Claro. De todas as pessoas que já conheci, é ele quem tem mais livros em casa, quer dizer, com exceção do Chauncy. O senhor conhece o Chauncy LeBard?

O senhor Bell faz que não com a cabeça.

– Não deixe que o Hudson engane você.

– Como assim?

Ele franze a testa.

– Tome cuidado.

Antes que eu pergunte o que ele quis dizer, o senhor Bell abre a porta e me faz sair.

– Vou fechar por hoje – ele diz, e depois tranca a porta do lado de dentro, deixando-me diante de uma placa escrito FECHADO balançando.

Fico ali me sentindo muito estranha, e só consigo pensar no Hudson e por que será que o senhor Bell acha que ele é um traidor. E como é tão óbvio que ele não queria falar disso, imaginei que poderia perguntar para a única pessoa que poderia me contar tudo.

TREZE

Hudson achou graça.
– Ele ainda está chateado comigo?
Ergueu os pés até a grade da varanda.
– Acho que Tommy nunca vai me perdoar por isso.
Achei meio estranho ouvir o senhor Bell ser chamado de Tommy. Nunca imaginei que ele tivesse outro nome além de senhor.
– Perdoá-lo do quê?
Hudson sorri e desvia o olhar para os telhados da rua.
– Você sabe o que é uma primeira edição?
– A primeira edição do quê?
– Bom, no caso dele, de um livro. É a primeira tiragem que um editor faz de uma obra. Às vezes, ela é pequena; o editor decide publicar apenas um número baixo de livros para ver se vendem. Se der certo, ele imprime mais. Às vezes, um livro que o editor não esperava vender dá certo e se torna um sucesso e, nesses casos, as cópias dessa primeira edição se tornam valiosas – e quanto mais raras, mais valorizadas.
Ele olha para mim.
– Entendeu?

– Entendi.

Depois, Hudson volta a fitar os telhados.

– Se por acaso você encontrar a primeira edição de um livro que tenha sido autografado pelo autor, o exemplar vale mais ainda. Em certos casos, é muito dinheiro.

"Acontece que, um dia, eu estava na loja de Tommy quando um sujeito entrou com várias caixas de livros. É o tipo de coisa que vive acontecendo no sebo. Alguém que resolveu desocupar o sótão e junta todos os seus livros antigos. Tommy os examina e aceita ou não comprá-los. Às vezes, ele só compra o lote por uns vinte paus ou algo assim.

"De qualquer modo, eu estava por lá – para tomar café, comer bolinhos e bater papo – quando esse sujeito entrou com uma caixa de livros. Dava para ver que tinha muita bobagem, livros velhos de papel-jornal. E como o Tommy estava meio de mau humor, ele só disse assim: 'Não, obrigado', e voltou a arrumar as prateleiras. Então, o cara se vira para mim e diz: 'Juntei essas coisas e trouxe tudo aqui – agora não quero levá-las de volta. Você *quer* esses livros? Eu dou de graça.' Então eu digo: 'Tudo bem', achando que farei um favor para o sujeito jogando a caixa no lixo do fundo.

"Ele vai embora, começo a remexer os livros e o que é que encontro? Uma primeira edição de um livro de Heinlein, autografada. Agora, quando o Tommy descobriu o que eu tinha, insistiu que o livro lhe pertencia.

Para resumir, ele me expulsou do sebo e me proibiu de voltar."

– Quanto valia o livro?

– Se você encontrar o comprador certo, ele valerá uns cem paus, mas em poucos anos, o preço irá para as nuvens, quem sabe? Tenho vários exemplares de primeiras edições, mas este livro é meu preferido.

Ele espanta uma mosca dos sapatos.

– Então, como foi sua investigação ontem à noite?

Ele sorri para mim e diz:

– Quer dizer, sua pesquisa...

Faço uma careta e digo:

– Uma droga. Fiquei no frio por nada.

A sobrancelha dele se levanta ligeiramente.

– Você não vai desistir, não é mesmo?

Sento na cadeira.

– De jeito nenhum!

Depois eu digo:

– Por falar nisso, posso usar o seu telefone?

E antes que me dê conta, estou falando com a Marissa e Dot – ambas prometem vir congelar atrás dos arbustos da Heather comigo naquela noite.

Quando desligo o telefone, Hudson vem até a sala e diz:

– Você acha que sua avó gostaria de ir ao cinema hoje à noite?

Eu digo:

– Acho que posso convencê-la a fazer isso.

E é verdade. Vovó nunca vai ao cinema. E estou torcendo para que ela vá, porque se o Hudson a levar para sair, será muito mais fácil espionar a casa de Heather. Tenho muitas outras preocupações para ter que ficar pensando no perigo de a Vovó descobrir o que estou fazendo.

Então ele telefona para ela e a convence. Corro para casa e me apronto para outra noite no esconderijo fora da casa de Heather.

Naquela noite vesti uma malha e uma jaqueta, e só tive que esperar uns dez minutos antes que Marissa e Dot aparecessem. Passamos pela cerca viva e chegamos bem pertinho da janela do quarto da Heather, e nos ajeitamos por lá.

Marissa detesta insetos. E já que insetos gostam de moitas, fiquei meio surpresa quando vi que ela nos acompanhava. Marissa reclamou um pouco, mas depois, enquanto se acalmava, nós três ficamos ali sentadas, esperando e cochichando.

Depois de muito esperar, finalmente Dot disse:
– Talvez devêssemos tocar a campainha ou algo assim. Sabe, dar uma animada nas coisas?

Marissa disse:
– É isso mesmo. E se ela nem estiver em casa?

Isso me fez pensar. Quer dizer, eu tinha bastante certeza de que Heather estava em casa, mas não queria esperar a noite inteira para que ela parasse de assistir à

TV ou ler revista, ou sei lá o que mais ela estivesse fazendo em casa. Então, tive a ideia. Enfiei a mão no bolso, procurei uns trocados e disse:

– Fiquem aqui. Volto em cinco minutos. Se vocês ouvirem alguma coisa, liguem o gravador.

Desci correndo pela rua e entrei na cabine telefônica. Depois procurei o telefone de Heather pelo sobrenome Acosta, bem, que surpresa, Heather tem seu número particular.

Enfio as moedas no telefone e quando ela atende e diz "Alô?", meu coração bate tanto que sai fora do lugar.

– Oi, bafo de ovo, aqui é a Sammy.
– O quê?
– Você me ouviu, é a Sammy. Descobri que você andou me detonando na sua festinha de Halloween, mas eu tenho uma notícia para você. As pessoas não aguentam mais você, o seu cabelo enferrujado, o seu bafo de ovo. Eu queria que sentisse o próprio hálito porque você iria se retorcer e morrer. Então, faça um favor a todos e fique com sua boca poluída fechada. Você me ouviu, bafo de ovo?

Antes que ela tivesse a chance de bater o telefone na minha cara, desliguei. Depois corri para trás dos arbustos e, lógico, o gravador estava ligado.

Marissa cochichou no meu ouvido:

– Ela está reclamando, uma fera, por causa de uma história de ovo podre!

Nisso, ouço a voz de Heather vindo do monitor.

– Quem aquela estúpida da Sammy Keyes pensa que é? Ficar aí me dizendo que tenho bafo de ovo... Ela pensa que me disse uma novidade, rá! Eu é que tenho novidades para ela! Ninguém ofende Heather Acosta e sai livre – ninguém!

Durante um minuto eu só consigo ouvir o barulho de gavetas batendo e Heather murmurando:

– Acho que preciso inventar uma coisa para que Amber dê uma surra nela por mim.

Olho para Dot e Marissa, ergo o dedão:

– Sim!

Estamos todas tão animadas que é difícil não fazer ruído algum, mas quando a ouvimos dizer "Jared?", ficamos todas em silêncio. Nem sequer conseguimos respirar.

E posso até vê-la, sentada na ponta da cama com colcha de pele de vaca, apertando o nariz, fingindo ser eu, sem que sua voz se pareça com a minha. E só de pensar que o Jared Salcido cairia num truque tão cretino... bem, vamos dizer que um asno seria bem mais esperto que ele.

– Oi, Jared – ela diz. – É a Sammy. Não diga a Amber que eu liguei, certo? Eu tinha que fazer isso. Eu te amo muito. Por favor, me dê uma chance? Amber não sabe apreciá-lo como eu...

Jared deve ter dito uma coisa bem boba, porque Heather ri muito e diz:

– O que ela é? Sua mãe?

Depois de um segundo ela acrescenta:

– Bem, está certo. Tenho que ir mesmo. Preciso pintar meus tênis. Até logo!

Ela bate o telefone. Depois, solta uma risada feia e diz:

– Sammy Keyes, eu vou ensinar a você o que acontece a quem me chama de bafo de ovo!

Agora não dava pra gente pegar tudo, levantar e ir embora. Tínhamos que verificar o gravador e depois planejar como poderíamos desmascarar a Heather na escola no dia seguinte.

Depois de checarmos tudo, voltamos para a calçada e batemos as mãos unidas. Quando estava indo para casa, uma risada enorme saiu de mim porque, pela primeira vez, eu não via a hora de ir à escola.

Não me leve a mal. Não cheguei cedo. Entrei na sala de estudos na hora em que tocou o sinal. O tempo todo em que estive ouvindo o discurso do diretor, enquanto a bandeira era içada, ou enquanto preparava os livros para as aulas da manhã, fiz de tudo para evitar olhar a Heather. Mas, depois que a senhora Ambler terminou de conversar conosco e verificar as presenças, Heather se debruça e diz:

– Você é muito cara de pau de ligar para minha casa e me insultar. Eu sei que você está chateada porque perdeu a melhor festa do século.

Não consegui evitar. Caí na gargalhada. Tentei parar, mas não dava.

Ela diz:

— Por que você está dando risadas?

Solto outra risadinha e digo:

— Ouvi dizer que sua mãe foi a alegria da festa. Ela deu em cima dos garotos menores, não foi mesmo?

— O quê? Quem foi que disse isso?

Ela bufa como se fosse me dar um soco, mas a verdade é que não sabe fazer isso. Heather é aquele tipo de garota que vem por trás e espeta a pessoa com um alfinete, se é que você me entende. Então, a única coisa que ela sabe fazer é puxar o meu cabelo. Dói, mas mesmo assim não consigo parar de dar risadas.

Ela está me arrancando da minha mesa pelos cabelos e estou morrendo de rir, enquanto o resto da sala olha para nós e tenta imaginar o que está acontecendo. A senhora Ambler berra:

— Meninas! Meninas! O que é que estão fazendo?

Limpo uma lágrima e tento me arrumar.

— Não é nada, senhora.

— Nada?

— Eu só perguntei a ela o que foi que comeu no café da manhã.

No mesmo minuto em que digo isso, uma risada alta atravessa a sala e eu sei que veio da Marissa. Mas eu não olho para lá como faz a senhora Ambler. Fico olhando diretamente para a professora com um sorrisinho no rosto.

— E por que você queria saber isso?

Levanto os ombros.

— Ela está com bafo de ovo, só isso.

Heather grita.

— O quê?

Olho para ela e digo:

— Está mesmo, Heather.

A senhora Ambler diz:

— Samantha!

Mas nisso, o sinal toca, então ela balança a cabeça e nos deixa sair.

Prestei tão pouca atenção às aulas que foi como se não tivesse ido à escola. Fiquei um minuto ouvindo a aula de inglês, onde a senhora Pilson nos deu instruções sobre como ir à palestra de seu colega na última aula, mas não tenho ideia do que mais ela falou. Eu só conseguia pensar no gravador do Hudson no meu bolso e na fita gravada.

Mas, na hora da aula de matemática, forcei-me para prestar atenção. O senhor Tiller estava bravo comigo porque eu lhe disse que não conseguia encontrar a lição de casa, e enquanto ele fazia as perguntas, mantinha os olhos em mim. E depois de ter resolvido todos os problemas no quadro, ele perguntou:

— Dúvidas? — e olhou direto para mim.

E pode acreditar que prestei atenção porque ele disse:

— Jesse, o que preciso fazer em seguida?

Ou:
— Frances, qual é o resultado desses números?

E cada vez que ele pedia a alguém que o ajudasse com um problema, começava olhando para mim. Então, no último problema, ele finalmente me faz uma pergunta e eu digo como resolver tudo. Ele termina de escrever no quadro e diz:

— Está vendo como você consegue fazer quando presta atenção?

Pensei que tinha me safado, mas quando o sino tocou e todos saíram da classe, o senhor Tiller me chama:

— Samantha! Venha aqui um minuto, por favor.

Então eu me levanto.

Ele respira fundo e, quando termina, diz:

— Você não fez sua lição de casa, não é mesmo?

Balanço a cabeça:

— Não, senhor.

Ele respira de novo, depois se senta na ponta da mesa com um suspiro.

— Sammy, eu estou vendo que suas notas estão abaixando. Não gosto disso. Você tem muito potencial e quero que o desenvolva.

Ele coça o lado da cabeça e diz:

— Talvez seja a hora de chamar seus pais para uma conversa.

— Não! Senhor Tiller, me desculpe por não ter feito a lição de casa. Prometo que isso não acontecerá de novo. É só que... Bem, tanta coisa tem acontecido.

Olho para ele e digo:

– Mas depois de hoje, tudo voltará ao normal. De verdade.

Ele olha para mim.

– O que é tão especial hoje?

Minha boca estúpida sorri outra vez. Vou me afastando dele.

– Agora não posso dizer, mas o senhor verá.

Depois, saio correndo pela porta e digo por sobre o ombro.

– Amanhã entrego toda a lição, prometo!

Enquanto estou virando o corredor, posso vê-lo balançando a cabeça e pensando algo como *Adolescentes*.

Penso mesmo é na Marissa, Dot e se posso ir adiante com tudo o que planejamos fazer na hora da palestra. O senhor Tiller terá algumas perguntas a me fazer – mas vai sobrar mesmo é para Heather Acosta.

CATORZE

O senhor Tiller estava na reunião, bem como o resto dos professores – tomando conta da entrada, verificando se todos os alunos estavam acomodados nos lugares certos, sem estourar bolas de chiclete ou falando alto demais.

A senhora Pilson agitava-se diante do pódio, andando para todo lado, exibindo-se para o Professor Yates, e quando ela ligou o microfone, disse:

– Venham! Acomodem-se!

Bem, falamos como o Professor Yates tinha mais cara de cantor dos Alpes do que de escritor. Ele usava um colete e um suéter, e botas de caminhada com cadarços vermelhos. Para completar, carregava um negócio que parecia um cajado. Ele parecia ser de algum canto das montanhas e não combinava com o restaurante da escola.

Então, lá estamos nós dando risadinhas, chamando o Yates de Yodel, o Cantor, quando a senhora Pilson bate no microfone e diz:

– Agora chega. Precisamos começar, então, por favor, dá para fazer silêncio?

Muitos de nós finalmente se calaram mas ainda havia muito ruído – até que o Professor balançou sua bengala bem pertinho do microfone.

Subitamente, o restaurante inteiro se encheu com o barulho de chuva. De verdade. Chuva. E logo mais ninguém dizia nada. Quando a chuva parou, o Professor disse no microfone:

– Boa-tarde, meninos e meninas. Meu nome é doutor Martin Yates e este é um pau de chuva – diz, e ergue o cajado esquisito.

– Um simples cacto. Os espinhos foram extraídos e invertidos, de modo que apontem para dentro da planta. Depois, pedregulhos foram colocados dentro dele. Quando o cacto seca, ele se torna um instrumento musical.

Ele vira novamente o pau de chuva e enche o restaurante com seu som. Quando o Professor tem certeza de que todos ficarão quietos, põe o pau de chuva debaixo do pódio e diz:

– Carrego o pau de chuva para lembrar que, mesmo nas circunstâncias mais inóspitas, surge a oportunidade de produzir algo que valha a pena, que seja até mesmo adorável.

Ele levanta seu livro e lê:

– "Jimmy Slater tinha treze anos quando decidiu pegar o que lhe fora dado e transformá-lo numa oportunidade."

Ele então nos conta como Jimmy Slater é o garoto de seu livro que cresceu numa fazenda do Kansas, com um pai que bebia o tempo todo, uma mãe que só chorava, duas irmãs pequenas e um trator quebrado.

Quando a senhora Pilson nos contou sobre o livro do professor, pensei que a palestra seria a coisa mais chata do mundo. Mas o jeito que ele falava conosco era como se a gente estivesse em volta de uma fogueira de acampamento, ouvindo histórias. E quando ele leu o livro, foi diferente do jeito da senhora Pilson, na aula de inglês. Era como se eu ficasse pequena outra vez e estivesse na cama, ao lado da Vovó, que lia para mim antes de dormir. Gostei.

Não estava pensando na Heather, no Jared, na Amber ou na cor dos meus sapatos. Estava só ouvindo. Quer dizer, até que a Marissa me cutucou e apontou para o relógio dela – foi quando percebi que só faltavam quinze minutos para acabar a aula. De repente, esqueci do Jimmy Slater e sua fazenda, meu coração disparou e minhas mãos começaram a suar. Cochichei:

– Você está pronta?

Não acho que Marissa estivesse prestando muita atenção ao Professor Yates, porque não tinha sobrado unha no seu dedão. Ela concorda com a cabeça e eu digo a Dot:

– Lembre-se, a gente se encontra no portão da frente, logo depois da aula.

Marissa e eu nos levantamos e nos dirigimos até a porta dos fundos. Ela coloca o braço ao meu redor e eu fico meio dobrada no meio, com uma mão na boca e outra sobre o estômago. No começo, achei que passaríamos pelos professores em direção à porta de trás. Mas o senhor Vince, que é o professor de história da oitava série, levanta-se e diz:

– Onde vocês duas pensam que vão?

Eu não disse nada. Só fiquei segurando o estômago, de olhos esbugalhados, como se eu estivesse em pânico. Depois, comecei a ficar ofegante, a estalar os lábios, e a Marissa diz:

– Senhor Vince, ela vai vomitar.

Bastou isso para ele se afastar como se tivesse visto cocô de cachorro na calçada.

Uma professora pergunta:

– Você está precisando de ajuda?

Marissa diz:

– Não, está tudo bem.

E, num minuto, já passamos pela porta e estamos lá fora. Sozinhas.

Corremos até a porta lateral da secretaria e pegamos dois pacotinhos de catchup que vieram no lanche de Marissa. Arregaço as mangas e começo a apertá-los. Num minuto espalhamos um monte de molho de tomate pelo braço dela, e quando abaixamos as mangas, o líquido vermelho fica parecendo sangue. Trocamos sorrisos e dizemos:

– Vamos!

Agora, eu nunca tinha entrado na secretaria durante uma palestra. Eu sempre estava na plateia, justamente. Então, ir para a secretaria enquanto o resto da escola estava no restaurante era bem estranho. Silêncio. A porta da sala dos professores estava totalmente aberta, mas não havia xícaras de café, nem professores. A porta da sala do senhor Caan estava bem fechada, e não havia garotos do lado de fora esperando para levar broncas. Não havia ninguém no balcão da frente ou descendo pelo corredor. Tal como tínhamos imaginado, a única pessoa na secretaria era a senhora Tweeter.

Ela se levantou detrás da escrivaninha e perguntou:

— Por que as senhoritas não estão na reunião?

Depois ela repara no braço de Marissa.

— Meu Deus! O que foi que aconteceu?

Eu olho para ela com ar bem sério.

— Ela tropeçou e bateu o braço numa cadeira e...

Foi o suficiente para que a senhora Tweeter viesse ver de perto.

Marissa diz:

— Parece pior do que é. Eu só preciso de um curativo.

Quanto mais perto ela chega, mais preocupada eu fico de que o nariz dela sinta o cheiro doce do molho. Puxo Marissa um pouco para trás.

— O senhor Caan disse que uma compressa fria seria bom também. A senhora tem gelo?

— Uma compressa de gelo. Sim, claro.

Ela dá a volta, sem sair do lugar, depois diz:

— Venham até a enfermaria.

Eu não sei se Marissa está fingindo, ou se ela ficou com tanto medo que vai mesmo desmaiar, mas ela coloca a mão na cabeça e diz:

— Minha cabeça está fraca...

E depois tem um colapso em cima de uma cadeira do corredor.

A senhora Tweeter diz:

— Ai, querida! Tudo bem. Vocês ficam bem aqui. Volto num minuto.

Eu sabia que não tinha muito tempo, então antes mesmo que ela saísse pela porta, tiro o gravador de dentro do bolso, jogo sobre o balcão e corro até o armário.

E lá estou eu com o sistema de alto-falantes da escola na ponta dos dedos e o que é eu faço? Fico paralisada. Não consigo me mover, nem respirar, muito menos pensar. Meu cérebro parece ter virado uma pedra de gelo.

Marissa se levanta da cadeira e cochicha.

— O que foi?

— Eu não sei!

Posso sentir o tempo passando, mas lá estou eu, parecendo um inseto num cubo de gelo.

Então eu me lembro de Heather. A garota rindo de mim, fazendo fofocas contra mim, Heather telefonando fingindo que sou eu. E começo a esquentar. Totalmente. Aperto o botão vermelho no painel do sistema e digo:

— Atenção! Por favor, desculpem a interrupção. Temos uma notícia importante para transmitir.

Então aperto o botão do gravador e deixo rodar.

Quando ouço a voz de Heather atravessando a escola, meu coração bate tão forte que parece uma sucessão de fogos de artifício. Ela está tão alta. Posso ouvi-la ecoando do lado de fora, e lá está ela, ao vivo e em cores, dizendo:

Quem aquela estúpida da Sammy Keyes pensa que é? Ficar me dizendo que tenho bafo de ovo... – e – *Acho que vou precisar criar um pretexto para que Amber dê uma surra nela por mim* – e mais – *Oi, Jared. Aqui é a Sammy...* – e toda aquela lengalenga sobre o quanto ela o ama, o aprecia e tudo mais.

É constrangedor.

Enquanto a voz de Heather se espalha pela escola, uma pequena parte de meu cérebro ainda tenta imaginar se o som chegou direito até o restaurante, e quanto tempo vai demorar até que o senhor Caan saia voando de lá.

E parece que se passou uma hora, mas eu sabia que a gravação inteira só duraria dois minutos, então quando Heather finalmente diz, *Sammy Keyes, isso vai ensinar você a parar de me chamar de bafo de ovo!* desligo o gravador e digo no alto-falante:

– A verdade foi revelada, Heather.

E desligo o botão.

Estou quase dando a volta no balcão quando ouço a porta se abrindo e eu sei – não é a senhora Tweeter com os curativos. É o senhor Caan, que daqui a dois minutos vai me suspender pelo resto da vida.

Saímos correndo pela porta da frente, descemos as escadas, atravessamos o gramado, e estamos quase chegando ao portão quando o sinal toca.

Só de conhecer o senhor Caan, conseguimos imaginar que ele nos perseguiria até nos alcançar. Então corremos feito duas loucas por um tempo e depois nos escondemos atrás dos arbustos. E estamos todas arranhadas, com os olhos esbugalhados, ofegando, observando, esperando que o imenso senhor Caan venha andando, mas isso jamais acontece.

Depois de ter passado bastante tempo, engatinhamos ao longo dos arbustos e nos limpamos. Então, vemos a Dot, acenando e gritando:

– Vocês conseguiram! Vocês conseguiram!

Bato na mão dela.

– Dava para entender?

– Dava para ouvir cada palavra. Quando você disse *Atenção*, todos os professores olharam ao redor, tipo, "O que será isso?", "Quem está fazendo essa transmissão? Deve ser uma emergência!" E depois, quando a Heather começou a falar de bafo de ovo, o silêncio geral era tão grande que dava para ouvir as moscas. E quando Heather fala daquele lance de apreciar o Jared, Amber atravessou o restaurante correndo e começou a berrar com ela. Você não ia acreditar! Amber, a perfeitinha, gritando, puxando o cabelo da Heather, arranhando o rosto dela, parecia que ia matá-la! E todo mundo ali parado, de boca aberta, só olhando, até que o senhor

Tiller e o senhor Pele interromperam tudo. Depois, a senhora Pilson tentou fazer com que todos se sentassem, mas é claro que era tarde demais – a escola inteira tinha enlouquecido. Depois o sino tocou, e todos foram embora correndo.

Dot ri.

– Foi a melhor palestra que eu já vi. Não dá para acreditar que vocês conseguiram!

Quando terminamos de nos cumprimentar, Dot olha em volta e cochicha:

– O que será que eles vão fazer com vocês?

– Não sei. Provavelmente o senhor Caan vai me deixar suspensa uma semana.

Depois dou risadas e digo:

– Talvez ele me expulse, quem é que sabe? Acho que vou saber isso amanhã!

Viro para Marissa:

– Lembre: você não sabia o que eu ia aprontar. Foi tudo ideia minha. Não dê bandeira, certo?

Ela faz sua dancinha e concorda com a cabeça.

Começamos a caminhar, num minuto estamos no shopping, ainda falando de Heather e Amber, e como será o próximo dia na escola. Ainda não me sinto com vontade de voltar para casa. Deveria, mas uma casa de repouso não é exatamente aonde a gente quer ir depois de uma vingança contra a pior inimiga de sua vida.

Então, continuo caminhando e Marissa diz:

– Você está indo para a casa do Hudson?

— Que boa ideia!

Dot diz:

— Ei, posso ir?

Porque ela ouviu falar tanto dele, mas nunca o encontrou.

Dou risadas e digo:

— Claro.

Quando chegamos na casa do Hudson, ele nos chama da varanda:

— Boa-tarde, senhoritas! Que surpresa agradável!

Eu apresento Dot e antes que ela pare de cochichar sobre as botas que ele usa, Hudson já voltou com chá gelado e biscoitos.

— Meninas, vocês estão radiantes. Imagino que a pesquisa lhe trouxe os bons resultados que você tanto queria, Sammy!

Isso fez com que déssemos risadas e logo Hudson não aguenta mais:

— Podem contar tudo o que fizeram!

Tiro o gravador e o entrego a Hudson.

— Obrigada pelo empréstimo.

Hudson Graham não precisa de um manual de instrução para descobrir o que quer. Aperta o botão e quando a voz de Heather ecoa pela varanda, ele apoia as botas na grade e ouve. Quando chegou a parte em que a voz dela sumiu e só sobrou o ruído da estática, ele está rindo tanto que quase cai da cadeira.

— Então para quem vocês mostraram isso?

Dou uma risada e digo:
– Para a escola inteira!
Ele parece intrigado.
– Como?
Nós todas dizemos:
– Pusemos no alto-falante.
Dot acrescenta:
– Foi durante uma palestra. Era a maior de todas!
Depois ela conta sobre Heather e Amber se arranhando e se detonando.
Quando ela termina, Hudson balança a cabeça e diz:
– Inacreditável!
Ele ergue seu copo de chá e fazemos um brinde.
– Ótima pesquisa! Parabéns!
Estamos bebericando o chá quando o telefone toca. Sem parar. No começo, Hudson não lhe dá importância, mas como continua tocando ele decide atender.
Quando ele volta, diz:
– Sammy, é sua avó. Ela parece muito nervosa.
Eu entro e a primeira coisa que Vovó me diz é:
– Samantha, por quê? Como foi que você se meteu numa confusão desse tamanho? O senhor Caan convocou uma reunião de pais! O que é que posso fazer?
– Você disse que a mamãe estava visitando a tia Valeria?
Ela corrige:
– É tia Vitória, e sim, eu disse isso, mas não posso ficar repetindo essa mentira para sempre. E agora ele quer que eu vá à reunião.

Ela respira fundo.

— Eu sei que tem a ver com a Heather porque o senhor Caan disse que ela e sua mãe estarão na reunião amanhã, mas, meu Deus, Samantha, ele me deu a impressão de que você sequestrou a escola inteira? O que foi que você andou fazendo?

Bem, eu não queria explicar o rolo todo ao telefone. Já tentei fazer isso antes, mas não deu certo. Enquanto eu corria pela avenida, ia pensando: *Talvez tenha deixado a Heather com cara de idiota diante do Jared, mas agora tenho muito mais problemas para resolver — e desta vez será pior que da última vez.*

E eu não estava pronta para saltar de outro trem em movimento, mal tinha sobrevivido da última vez. Então, quando vi o sebo e lembrei do livro da Vovó, imaginei que, se o levasse, isso diminuiria a bronca por causa de tudo que eu tinha aprontado na escola. Pelo menos, seria mais rápido.

Rapaz, como eu estava errada.

QUINZE

O senhor Bell estava no meio de uma compra de livros, o cabelo estava ainda mais grudento que o normal. Sequer me cumprimentou quando entrei. Ficava só remexendo nos livros de uma caixa enorme que um homem trouxera, separando os livros em três pilhas diferentes. Um lado da boca mostrava irritação, o outro parecia sorrir.

O cara que vendia os livros não era exatamente o tipo de pessoa que lava a própria louça, se é que você me entende. Estava de calças brancas e com um anel cor-de-rosa, o que já quer dizer algo. Mas foram os pés dele que me mantiveram à distância. Veja, ele estava usando chinelos. Chinelos sem meias.

Ele estava de olho no outro, como se o senhor Bell não estivesse só empilhando livros e sim dando as cartas num jogo de pôquer. Para quem o olhasse dos joelhos para cima, parecia que o Seu Anel Rosa conferia se o senhor Bell estava fazendo tudo direito. Mas os dedos dele ficam saindo do chinelo feito ratinhos tentando escapar de uma sacola de papel. E quanto mais eu fico ali, reparando nisso, mais me intriga por que o cara está tão ansioso.

Quando o senhor Bell chega ao fundo da caixa, empurra uma pilha na direção do homem e diz:

– Esses aqui eu não quero.

Depois ele aponta para outra pilha e acrescenta:

– Dou vinte por essa pilha e quarenta por cento do preço de capa desses outros livros aqui.

Os olhos do Seu Anel Rosa mal se levantam, mas os dedos dele praticamente saem dos chinelos.

– O quê? Vinte por tudo isso?

Ele pega um livro do alto da pilha:

– E você está me dizendo que vai pagar só vinte e cinco por isso? Eles estão praticamente novos. Nem sei se foram lidos! Isso é um abuso!

O senhor Bell respira fundo e arregaça as mangas:

– Posso lhe dar um crédito de compras na loja de mais trinta por cento.

– Quer dizer que eu vou ter que gastar meu dinheiro aqui?

O outro concorda com a cabeça e aponta para um aviso ao lado da caixa registradora.

– É nossa política. Vinte e cinco por cento em dinheiro à vista, trinta por cento em crédito. Se você preferir, pode tentar ir a outro sebo.

Os dedos nos chinelos se mexiam sem parar. Ele murmura:

— Você é o único sebo confiável da cidade e sabe disso. Entregue o dinheiro.

O senhor Bell tira uma calculadora, mas antes que ele comece a usá-la, eu digo:

— Senhor Bell? Desculpe interromper. Passei para verificar se chegou o livro de minha avó.

Ele pisca como se não tivesse percebido minha presença.

— Chegou sim, Sammy. Preciso terminar isso aqui, você espera? É só um minuto!

Eu me afasto e fico pensando por que o Seu Anel Rosa está tão preocupado em se livrar de alguns livros velhos, e meu cérebro começa então a funcionar. E, enquanto o senhor Bell calcula o pagamento do cara, vou até a pilha de livros e começo a ler os títulos. E não é preciso ser um gênio para perceber que esses livros não fazem o gênero do Seu Anel Rosa. São romances, livros de jardinagem e muitos títulos sobre coleções de bonecas.

Os dedos dele finalmente pisam o caminho da saída. O cara desaparece pela porta e alcança a rua antes mesmo de enfiar a carteira no bolso de trás das calças.

Digo:

— Ele parece nervoso.

O senhor Bell revira os olhos.

— Não faço questão nenhuma de clientes como ele.

— Ele não tem cara de quem lê esses livros.

— Verdade.

Por um minuto, tive a impressão de que tudo se movia em câmera lenta. O ventilador, a máquina registradora, o lugar todo parecia pertencer a um sonho.

– E se os livros foram roubados?

O senhor Bell ri:

– Então ele teve muito trabalho à toa. Livro usado vale tão pouco.

Ele tira o livro da Vovó de trás do balcão e diz:

– Então que tipo de negócio sua avó quer abrir?

No começo não entendo do que ele está falando. Depois, reparo no título do livro que ela encomendou: "Como montar uma mala direta."

– Eu não sei!

Devo ter feito cara de susto, porque o senhor Bell ri e diz:

– As pessoas nos surpreendem, não é mesmo?

Dou risadas e digo:

– Com certeza!

Saio pela porta e atravesso a rua. Já tinha subido vários degraus da escada de incêndio, quando sinto um pensamento aproximar-se. E quando ele se apodera de mim, simplesmente estaco, alcanço o chão, cai a ficha e caio eu também no maior tombo!

Quando consigo me mexer novamente, não posso mais subir a escada. Dou meia-volta e desço. E quando chego lá embaixo, pego o livro da Vovó, enfio na mochila e guardo tudo atrás de umas moitas perto do prédio.

Depois começo a correr. E continuo voando até chegar à casa de Chauncy.

Não tento dar sinal de SOS, nada disso – começo a bater na porta e gritar.

– Chauncy! Abra a porta! Preciso perguntar uma coisa para você! Chauncy! Eu não vou embora! Abra a porta!

Finalmente, ele vem.

Esperava que ele estivesse bravo, irritado ou impaciente, algo assim, mas ele só parece cansado. Muito exausto. Como se tivesse passado três noites sem dormir. E quando lhe peço "Posso entrar?", ele suspira e me leva até o corredor.

Chauncy senta-se na mesma cadeira onde o encontrei no Dia das Bruxas, tão desanimado quanto naquela noite e aponta para outra cadeira perto de mim.

Bem, ficar sentada é a última coisa que quero. Estou com o sangue pulsando nas veias de tanto agito, além disso, não consigo ficar quieta porque quanto mais eu penso naquilo que preciso lhe perguntar, mais tenho certeza de que não precisaria fazer isso. Porque sei que estou certa.

Ando à minha volta olhando para ele e depois para as caixas de livros.

– Chauncy, você tem livros raros e valiosos?

Ele me estuda por um minuto e depois concorda com a cabeça.

Dou alguns passos:

– Você sentiu falta de algum deles?

Ele me lança um olhar intrigado, depois faz que não com a cabeça.

– Tem certeza?

Ele se senta na ponta da cadeira um pouco e vira para o lado para examinar uma prateleira com tampa de vidro. Depois volta a olhar para mim e diz:

– Tenho... certeza.

Vou correndo até a prateleira e, lógico, está lotada. Abro a portinha de vidro e, depois de um minuto, digo:

– Chauncy! Venha cá!

E enquanto ele se aproxima, leio:

– *Segredos da cozinha sulista*, *Revisitando o Vietnã*, *Crônicas de Candy Cane*... – Os livros têm aparência de velhos, mas, na certa, não valem muito!

Chauncy LeBard fica pálido, então se vira para mim, ainda com os olhos na prateleira, e pareço ver um fantasma. Ele diz:

– Não!

E, num minuto, ele está revirando os livros, tirando os que encontrei e mais dois deles. Quando termina, ele fica de pé, tremendo.

– Eles sumiram!

Faço com que ele se sente porque parece que Chauncy vai desmaiar.

– Quem sabia que você tinha esses livros e do valor deles?

Ele fica sentado ali, durante um minuto, depois pega sua caixa.

— Eu não sei. Esses livros estão com a família há anos. Eles eram o orgulho de minha mãe! Nunca pensei...

De repente, ele começa a chorar e mal consigo compreender o que diz:

— Eu devia ter colocado os livros num cofre!

Não sei o que fazer, então fico ali parada, feito uma idiota, enquanto ele chora. Finalmente, coloco a mão sobre o ombro dele e pergunto:

— Eles valiam muito?

Chauncy limpa os olhos e faz que sim com a cabeça.

— Uns mil? Cinco mil?

Ele ergue os ombros. Quase uns cem. Talvez uns cinquenta.

— Cinquenta mil?

Com certeza, ele concorda.

Então lembro que Douglas LeBard cortou a fala de sua esposa quando ela falou de avalista.

— Os livros foram avaliados quando sua mãe morreu?

— Um pouco antes.

— Você sabe o nome dos livros?

Ele fecha os olhos e leva a mão à testa.

— Havia *Contos* de Edgard Allan Poe..

Dou um salto, apanho uma caneta e uma folha de papel.

— Espere, espere, espere... *Contos* do Poe?

— Sim, dois livros do Poe. *Contos* e outro de poemas.

Anoto tudo isso.

– Como eles eram?

– Os *Contos* tinham capa dupla creme e outro era capa dura azul.

– Espere um minuto. Capa dupla? Capa dura? Como assim?

– Capa dupla é quando uma capa de papel é posta sobre a outra para proteger o livro da poeira; capas duras são rígidas.

Fico pensando nisso e depois digo:

– Então, um tinha um tipo de segunda pele capa creme e o outro era azul?

Ele ergue os ombros como se dissesse *Mais ou menos isso.*

Anoto tudo e pergunto:

– Certo. O que mais?

– Havia um livro de Darwin, *A origem das espécies...*

Sento e digo:

– Charles Darwin?

Porque passei semanas estudando a teoria dele na aula de ciências.

Ele me dá um sorriso torto.

– Sim. A capa é de pano verde, uma primeira edição inglesa. Havia também cópias do primeiro livro de Hemingway, *Três histórias e três poemas* e obras de Mark Twain, *O sapo saltitante do Condado de Calaveras e outros contos.* Este era cor de cereja, com um sapo desenhado no lado esquerdo da capa.

Eu não preciso perguntar "Ernest Hemingway?" porque a senhora Pilson analisou os contos conosco na aula e descobriu significados ocultos em trechos onde o autor jamais quis esconder nada. E já que todo mundo ouviu falar de Mark Twain, eu só digo assim:

– Mais alguma coisa?

Ele fica pensando um minuto, depois balança a cabeça.

– Como você sabia disso?

Então, eu lhe conto da senhora de saltos altos que comprou uma caixa enorme de livros com aparência de antigos do sebo e como o senhor Bell comentou que livro antigo sempre tem a mesma cara.

– Eu poderia perguntar ao senhor Bell se apareceu alguém tentando vender um livro raro.

Chauncy faz que não com a cabeça.

– Eles não iriam ao sebo do Tommy. Esses livros são muito valiosos.

Ficamos parados um minuto, depois eu digo:

– Acho que devemos chamar a polícia, não é?

Ele suspira e concorda.

– A delegacia fica no caminho da minha casa. Eu lhes darei essa lista e pedirei que venham aqui.

Então, lá vou eu, pensando que a primeira coisa que quero fazer é telefonar para a Vovó para lhe dizer que estou bem. O problema é que não consegui.

Só percebi que estava no final da Rua Orange. Esta rua corta a Miller, então ou a gente desce por ela até chegar na encruzilhada, ou caminha meia quadra acima e chega na Rua Cook. Claro, se você está de carro, também dá para ir direto até a entrada do Palácio de Justiça. Mas, se você é pedestre, isso é proibido, por ser considerado imprudente.

Bem, eu fui imprudente, sim, pior ainda, atravessei a rua correndo feito uma louca, porque a Miller tem muito trânsito. E quase tinha chegado do outro lado quando um carro-patrulha veio cantando pneu e entrou no estacionamento do Palácio, com a sirene ligada e faróis idem. Ele vira no meio do trânsito da Miller, depois sobe a rampa que atravessa a calçada e mergulha bem diante de mim.

Pensei que algo de sério estivesse acontecendo. Até que eu vi que o motorista era meu herói, o Policial Borsch. Isso mesmo, a tropa de elite de Santa Martina estava buzinando e detonando o gramado do palácio só para me pegar em flagrante.

Ele sai do carro com seu bloquinho e a caneta pronta para me multar, a cara dele parecendo a de um pitbull que comeu a própria coleira, mas antes que ele diga algo, vou até a janela do passageiro e bato nela. O Bombado abaixa o vidro. Agora dá para perceber que ele também não está gostando de estacionar no gramado, mas só balança a cabeça e diz:

— Essa encrenca é com ele.

Eu digo:

— Entrei em local proibido porque estava com pressa de lhe dizer o que descobri na casa de Chauncy LeBard. Veja só. É uma lista de livros roubados dele no

Dia das Bruxas. Era isso que o Homem Esqueleto procurava.

— Livros?

— Eles valem milhões!

O Policial Borsch dá uma bronca:

— O que é que você está fazendo, Keith? Tenho que escrever uma multa.

O Bombado sai do carro.

— Espere aí, Gil. Ela descobriu provas importantes relativas ao assalto na Casa do Arbusto. Alguns livros estão faltando. Ela diz que eles...

O Policial Borsch revira os olhos.

— Ah, dá um tempo! Agora a história são os livros? Tenho coisas bem mais importantes a fazer do que ficar ouvindo isso.

Não acreditei no que ouvia, quando o Bombado murmurou assim:

— É mesmo, como essa multa aí que você está dando...

Acho que o Policial Borsch também não acreditou no que ouviu, porque deu um passo na direção do Bombado, estufou ainda mais seu estômago enorme e disse:

— O quê?

O Bombado ergue as mãos no ar.

— O que você tem a ver com isso, Gil? Parece até que essa menina só estava pichando muro em vez de estar nos ajudando com o assalto da Casa do Arbusto. Você mesmo disse que a relação com o irmão poderia ter a ver com o delito. E foi ela quem nos deu a pista, lembra?

O sangue sobe no rosto do Policial Borsch. Ele dá um passo à frente e empurra o Bombado com ambas as mãos.

— Escuta aqui, seu rato de academia...

O outro o empurra para trás.

— Agora, escute bem, seu dinossauro estúpido. O livro roubado vale muito dinheiro...

Ele olha para mim, como se perguntasse "está certo isso?" Então, faço que sim com a cabeça bem rapidinho.

— Você está me ouvindo? Muito dinheiro mesmo! Você queria um motivo para o crime. Pronto, seu imbecil, foi esse!

Enquanto o Bombado berra, a cara do policial vai ficando cada vez mais vermelha, o suor começa a pipocar na sua testa. Ele grita de volta:

— Você ainda tem muito que aprender sobre como ser um policial, camarada! Eu não sei como um sujeito do seu tipo conseguiu entrar para a polícia!

Enquanto ele grita, cutuca o peito do Bombado com seu dedo gordo, e o colega fica ali, aguentando tudo, mas dá para perceber que logo ele vai perder a paciência.

Entro no meio dos dois e digo:

— Ei, olhem só o que vocês estão fazendo! Vão provocar um acidente!

Isso porque o trânsito está parado nas duas mãos.

O Bombado e o Policial Borsch trocam olhares por um minuto, depois, Borsch volta ao carro-patrulha. Depois de liberar o trânsito, o Bombado suspira e diz:

— Gostaria de ouvir o resto da história, se você não se importa.

Ele me leva até o pátio do Palácio, eu sento num banco e lhe conto como alguém trocou os livros mais valiosos de Chauncy por velhos exemplares sem valor, para que ninguém desse pela falta deles quando olhasse na prateleira. Então, quando digo como Douglas LeBard interrompeu a fala da esposa quando ela mencionou o avalista, e que esses livros estavam com a família por muito tempo, o Bombado diz:

— Parece que o irmão dele tinha mesmo interesse em pôr as mãos nesses livros.

— Exato.

Ele levanta e diz:

— Vou até a casa do LeBard para colher um depoimento, depois vejo se consigo um mandado de busca para entrar na casa do irmão dele hoje à noite.

Depois, aperta minha mão e continua:

— Desculpe você ter visto essa cena. Na verdade, o problema tem crescido desde que virei parceiro do policial.

Ele coça o pescoço.

— Eu não sei o que é. Gil não foi com a minha cara desde a primeira vez que me viu.

Dou risadas e digo:

— Sei bem o que é isso.

Ele se despede e atravessa a rua, enquanto eu vou embora também.

Passo um tempo cismando como o Policial Borsch vive quebrando as regras de trânsito e depois quer me dar uma multa de pedestre. Mas, quando chego ao Mercado, outro daqueles pensamentos está cutucando meu cérebro cada vez mais. Finalmente, preciso admitir que o lance todo do Homem Esqueleto não faz o menor sentido. Quer dizer, se ele era o irmão de Chauncy, por que se livrou dos castiçais? Eles também tinham valor sentimental. E por que ele queria assaltar o irmão se estava tentando matá-lo? Se ele o matasse, ficaria com a herança, e não teria que assaltá-lo. E se ele o assaltasse, teria o que desejava e não precisaria matá-lo.

Quanto mais eu pensava nisso, mais eu percebia que estava descendo o rio certo.

Eu só estava no barco errado.

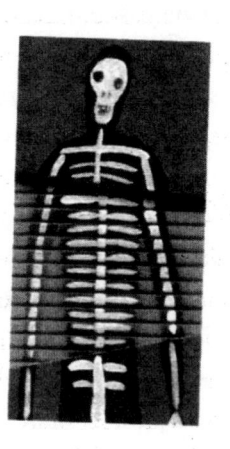

DEZESSEIS

Já era tarde demais para evitar a confusão, mas eu tentei, mesmo assim. Em vez de entrar em casa pela escada de incêndio, decidi arriscar o corredor da frente e pegar o elevador. Agachada, passo pela porta do senhor Garnucci, mas, quando estava entrando, as portas do elevador se abrem e adivinhem quem está saindo? A senhora Graybill. Vestindo um suéter branco, todo fofinho, saia justa amarela, os cabelos de cachinhos presos num coque, como se ela tivesse passado o dia inteiro no cabeleireiro. Eu me escondo atrás de uma árvore de plástico que está empoeirando no canto e reparo quando um homem a acompanha para fora do elevador. Ele não é ninguém que eu tenha visto antes no prédio. O homem tem bastante idade, mas parece que passou a vida inteira no bem-bom, nada a ver com as pessoas do meu prédio. Está de calças brancas, camisa polo branca, e tem a pele queimada do sol.

O senhor Garnucci diz de sua cadeira de balanço:

— Como vocês estão esplêndidos! Divirta-se, Daisy!

Ele pisca e acrescenta:

— E cuide bem dela, senhor Belmont!

O senhor Belmont sorri batendo os dentes:
– Pode apostar, meu senhor!
A senhora Graybill se despede e diz:
– Boa-noite, Vince!
E lá vão eles...

Então, fico de pé ali, atrás da árvore empoeirada, e o caminho está livre para que eu corra até o elevador e explique tudo a Vovó. Mas não consigo me mover. Meu cérebro trabalha tanto que minhas pernas ficam paralisadas. E quanto mais tempo fico ali pensando, mais sinto frio na espinha, até que finalmente vou até o corredor, sento no canto e deixo meu olhar vagar.

Sabe-se lá quanto tempo fiquei parada. Só sei que, quando minhas pernas começaram a funcionar outra vez, elas não me levaram até o elevador. Fui conduzida até a porta da frente e atravessei a rua em direção ao sebo.

Não sei o que faria se estivesse certa. Não conseguia pensar tão adiante. Era uma ideia maluca, mas fazia sentido. E se eu estivesse certa, provavelmente não haveria tempo suficiente para provar.

Quando cheguei ao sebo, encostei-me na parede do lado de fora e fechei os olhos. Bem fechados. E assim fiquei por quase uma hora. Depois, respirei fundo, fui tropeçando até a porta e entrei. Lá dentro, não tive que esperar que meus olhos se ajustassem à falta de luz, então eu vi imediatamente.

O senhor Bell estava no andar de cima atendendo um freguês, então, fui na ponta dos pés até o estrado, abri o portãozinho e me esgueirei até a caixa registradora e a escrivaninha. Havia pilhas de livros e montanhas de papéis, bem como todos os tipos de caixas – por toda a parte.

Uma parte de mim tremia em pânico porque não conseguiria inventar uma boa desculpa por estar onde não deveria, mas a outra estava de olho no andar de cima e revistava o lugar. Verifiquei dentro das caixas e atrás delas, ao redor da escrivaninha, mas não encontrei nada. Depois, pensei em ver na escrivaninha mesmo. Abri a gaveta de baixo, mas estava trancada.

É uma escrivaninha bem antiga – de madeira rústica – mas a fechadura que fica no meio da gaveta é larga e dá a impressão de que a gente pode tirá-la. Então, estou ali procurando algo que possa usar para abri-la, mas quando vou apanhar uma faquinha de manteiga que está perto do vidro de geleia, escuto o barulho de passos e o assoalho rangendo. O senhor Bell diz ao freguês:

– ... este é o único outro autor em que posso pensar. Você pode tentar a editora Higera, em Santa Luisa. Eles têm alguns títulos dele.

Olho rapidamente ao meu redor, mas é tarde demais para me levantar sem ser notada. Então, me enfio no meio da bagunça que está debaixo da escrivaninha, empurro uma cadeira e me encolho o máximo possível.

Alguns minutos depois, Tommy Bell passa pelo portão. E enquanto ele está atendendo seu freguês, seguro a respiração, tentando procurar por algo que me torne invisível no meio da bagunça debaixo da escrivaninha. Há um rolo de toalhas de papel sobre um par de sapatos velhos. Uma caixa de papel de impressora meio aberta e, atrás dela, vejo algo que parece uma ponta de lençol. Então, muito lentamente, estico o braço e puxo o lençol detrás da caixa, mas acabo segurando uma fronha.

Uma fronha listrada de verde e branco.

De repente, não consigo respirar direito, e o meu corpo inteiro treme. O que foi que eu tinha na cabeça quando vim aqui sozinha?

Depois que o freguês sai, posso ouvir o senhor Bell remexendo em alguns papéis, em seguida, lá vêm os pés dele, direto para a cadeira. Ele vai até a mesa contra a parede e coloca um bolinho na torradeira. Sua torradeira brilhante, nova em folha.

Enquanto os bolinhos assam, ele prepara uma xícara de café e fico pensando, *não é um bolinho, é a minha batata que está assando!* Quer dizer, um homem que mataria alguém por causa de livros antigos, se me encontrar aqui escondida não vai simplesmente me mandar embora do nada. De jeito nenhum.

Fico ali sentada, tremendo debaixo da escrivaninha do Homem Esqueleto; percebo que os livros de Chauncy estão separados de mim apenas por centímetros de madeira. Uma madeira bem sólida. Nisso, ouço o senhor Bell dizer:

– Posso ajudar?

E novamente os pés dele atravessam o estrado.

Então, lá estou eu novamente sozinha. Mas sei que não será por muito tempo, porque sobre a mesa estão dois bolinhos cobertos de geleia de framboesa.

Penso em ficar ali, encolhida debaixo da escrivaninha a noite inteira. Mas enquanto imagino qual seria a melhor coisa a fazer, minha mão sai e apanha a faquinha de manteiga. Em seguida, meus olhos procuram o senhor Bell, enquanto as mãos se mexem e abrem a fechadura. Quando já estou achando que ela não se abrirá, pronto, a gaveta destrava.

O barulho da fechadura foi tão alto que parecia som de tiro, mas pensei que era agora ou nunca, então, cuidadosamente, puxei a primeira gaveta.

E o que havia nela? Nada. Só um monte de folhetos, papéis e coisarada. Fecho-a e abro a próxima gaveta, e o que tem nela? Calculadoras, marcadores e fitas de impressora. Nada de livros. A essa altura já estou suando, o coração explodindo para fora do peito, mas quando abro a última gaveta, ali está, prontinho para saltar no meu colo, um sapo. Um sapo na capa colorida do livro. E debaixo de *O famoso sapo saltitante do Condado de Calaveras* está *Três histórias e dez poemas*, e embaixo deste estão mais três outros livros.

Eu os tiro da gaveta o mais rapidamente possível, e quando olho ao meu redor procurando um lugar para guardá-los, vejo a fronha, esperando por mim. Então, num minuto, coloco os livros dentro dela, mas não sou rápida o suficiente. Logo vejo o senhor Bell vindo em minha direção.

Ele sabe imediatamente que não estou ali para roubar bolinhos. Ele vem correndo e diz:

— O quê! Sua pequena...

Pela minha cabeça passa a imagem de Chauncy todo detonado e ensanguentado. E não quero ficar daquele jeito, mas estou presa no estrado e não vejo como posso escapar.

Então percebo que tenho o travesseiro cheio de livros nas mãos – uma boa arma que vale uma fortuna. E quando ele se aproxima de mim, eu bato nele com o travesseiro usando toda minha força.

Eu acerto, mas por pouco. Isso não o detém. Ele vem na minha direção novamente, as mangas da camisa balançando, o cabelo despencando, e nos olhos dele eu vejo pânico. Puro pânico – como um homem que se agarra num arbusto quando está escorregando no abismo. Percebo que esse homem fará tudo por causa desses livros – tudo mesmo.

Fujo pela sala, tentando encontrar uma saída, quando decido tentar outra vez. Agora levanto bem alto a fronha e o ataco com ela. Uau! Acertei na têmpora.

Não esperava que ele despencasse, mas lá se foi o homem. Enquanto ele está ali, com uma cara detonada, pego o telefone para ligar para a polícia. Mas assim que faço isso, o homem se levanta.

Teclo o número da polícia, mas não tenho chance de dizer nada. O senhor Bell agarra minha perna, o telefone voa para longe e, de repente, estou caída no chão ao lado dele.

A fronha ainda está na minha mão, mas não estou em posição de usá-la. Ele está com uma mão na minha perna e a outra, nos livros, e a expressão nos olhos do homem me diz que, a qualquer minuto, ele vai derrubar ambos para bater minha cabeça contra a parede.

Chuto feito uma louca, tentando me livrar, e quando olho ao meu redor para encontrar algo que me ajude, reparo na torradeira um pouco acima. Deixo de lado a fronha, tiro a tomada da parede e agarro a torradeira com as duas mãos. Então, pronto! Bato com a torradeira na cabeça dele.

Por um minuto, ele fica desmaiado. E acho que ficará assim para sempre, mas antes que eu consiga pegar o telefone, o homem grunhe e se mexe um pouco.

Procuro um jeito de deixá-lo deitado, nisso, vem a ideia. Sento nas costas dele com força, prendo as mãos e as amarro com o fio da torradeira.

Ele grunhe e suas mãos começam a se contorcer, posso perceber que ele está voltando a si. Então, enfio as mãos dele nos buracos da torradeira e abaixo a alavanca. Depois, levo a ponta do fio até a tomada e digo:

— Senhor Bell, se o senhor se mexer vou ligar a torradeira.

Ele começa a rolar, então eu ligo mesmo. Só por um segundo.

Ele grita, os olhos se arregalam, ele cochicha:

— Você é louca!

Fico ali com o fio perto da tomada.

— Estou falando sério.

Ele continua deitado por um segundo, olhando para mim, e de repente a cabeça dele cai e o homem começa a chorar. Logo o choro fica bem forte, feito o de um bebê, então puxo o telefone com o pé e digo:

— Alô?

A telefonista diz:

— Alô. Está tudo bem?

— Preciso de ajuda.

— Está a caminho. Na verdade, eles devem estar chegando.

Sou tão azarada com polícia que fiquei esperando seu Sem Educação aparecer, e fiquei bem aliviada quando entraram dois policiais que eu nunca vira antes.

Eu os chamo:

— Aqui no fundo!

Eles entram balançando pela porta e tiram seus óculos de sol. Depois, ficam ali parados, olhando para o senhor Bell deitado no chão com as mãos amarradas com o fio da torradeira.

Eles me perguntam o que está acontecendo, mas eu não digo que estava a ponto de tostar aquele cara porque ele roubou livros de um homem sem voz — não faria o menor sentido.

Então tento contar tudo do início, mas a história do Homem Esqueleto, de apagar incêndio, de descobrir um Frankenstein amarrado numa cadeira também não ajuda em nada. No meio da conversa, um dos policiais levantou a mão e disse:

– Caramba, nossa, puxa!

Então eu suspiro e faço uma coisa que nunca imaginei.

– O senhor poderia chamar aqui o Policial Borsch e seu parceiro e dizer a eles que peguei o Homem Esqueleto?

Em seguida, eles estão enchendo a sala de barulho de estática quando falam em seus walkie-talkies. Finalmente, um deles diz:

– Oficial Emerson chegará logo.

E prossegue lendo os direitos do senhor Bell.

Quando o Bombado entra pela porta, traz um papel nas mãos. Ele ri e diz:

– Então eu tive o maior trabalho de arranjar um mandado de busca por nada?

Dou risada também.

– Desculpe.

Ele dá uma olhada no senhor Bell, algemado, parecendo miúdo sentado numa cadeira encostada na parede.

– É ele?

Digo:

– É ele, sim. Não encontrei a fantasia de esqueleto, achei a fronha, e isso tudo na escrivaninha.

Entrego-lhe os livros; ele os examina e, depois de um minuto, diz:

— São esses livros que valem uma fortuna?

— Certo.

Todos os policiais olham espantados para os livros, então o Bombado diz:

— Então, o que foi que aconteceu desde que vi você no pátio? Pensei que para você o culpado era o irmão.

Então conto a ele como o fato de os castiçais terem ido parar no Empório Econômico me preocupava – não fazia sentido o irmão de Chauncy ter jogado fora algo com tanto valor afetivo. E como o senhor Bell dissera que estava procurando um comprador para o sebo e que quando mencionei o nome de Chauncy ele fingiu que não o conhecia.

Depois começo a lhe contar como a senhora Graybill e o senhor Belmont estavam falando com o senhor Garnucci e ele chamou o homem de "senhor" porque não o conhecia, enquanto chamou a senhora Graybill de Daisy porque era amigo dela. Eu estava quase terminando de explicar tudo quando o seu Bombado balançou a cabeça e disse:

— Sammy, você está me deixando confuso outra vez.

Respiro fundo e digo:

— Quando eu estava na casa de Chauncy hoje, descobrimos o lance dos livros roubados, então me ofereci para perguntar ao senhor Bell se alguém tinha tentado lhe vender livros raros. E Chauncy disse: "Eles não iriam procurar o Tommy", como se o conhecesse bem.

Na hora, não pensei muito a respeito, mas depois que ouvi o senhor Garnucci falando no prédio, caiu a ficha.

– Acho que o senhor Bell foi o avalista dos livros de Chauncy, e desde então ele está louco para tê-los. Chauncy poderá lhe contar melhor. O irmão dele também.

O Senhor Bell está sentado com as mãos algemadas no colo e chora. Olha para mim e diz:

– Sammy, desculpe. Eu nunca quis machucá-la. Ou ao Chauncy. As coisas saíram do controle. Eu não conseguia parar de pensar nos livros. E depois começaram os pesadelos. O sebo pegando fogo. Os livros perdidos. Para sempre.

Ele coloca a mão na cabeça e começa a choramingar:

– Por que não poderiam ser meus?

Um dos policiais põe a mão no ombro dele diz:

– Vamos, senhor Bell. Acabou tudo.

Então, eles o levam embora, deixando o Bombado e eu para responder um monte de perguntas do relatório.

Quando o Bombado termina de escrever tudo, caminha até a calçada e aperta minha mão. Ele está me cumprimentando, agradecendo pela ajuda, quando um cara sai do nada e tira nossa foto. Levamos um susto, ficamos imaginando o que está acontecendo, quando o fotógrafo abaixa a câmara e diz:

– Joseph Jennings, do *Jornal Santa Martina*. Soubemos que houve uma detenção aqui. Thomas Bell, o proprietário do sebo, foi preso, certo?

Antes que eu responda, o Bombado ergue seu braço malhado e diz:

– Desculpe, não estou autorizado a dizer nada por enquanto.

Depois ele pergunta:

– Quer uma carona?

Dou uma risada e digo:

– Não, obrigada.

Porque ir de carona com ele levaria mais tempo do que caminhando.

Então, eu me despeço dele e atravesso a rua. De repente, me lembro que tinha escondido a mochila nos arbustos e, enquanto a procuro, penso que terei que passar a noite inteira explicando o rolo todo para a Vovó.

Normalmente teria sido tudo bem. Mas no dia seguinte, na escola, seria cheio de coisas.

Cheio mesmo.

DEZESSETE

Vovó me perdoou perto da meia-noite. Ela queria passar a próxima hora falando sobre o que eu não deveria dizer ao senhor Caan no dia seguinte. E depois que ela foi para a cama, ainda precisava fazer a lição de matemática. Quando tocou o despertador, parecia que eu só tinha dormido alguns minutos.

Enquanto estou no chuveiro, tentando despertar, Vovó está na cozinha preparando meu cereal e falando com alguém ao telefone. Assim que termino de engolir o café da manhã, Vovó veste o casaco e diz:

– Hudson está vindo nos dar uma carona. Ele já deve estar esperando.

Uma carona. Que alívio! Jogo a mochila nos ombros e digo:

– Encontro vocês lá na frente.

Depois, desço correndo pela escada de incêndio, dou a volta no prédio e chego até o estacionamento onde Hudson está manobrando Jester.

Durante todo o caminho até a escola, Hudson faz perguntas sobre Tommy Bell e os livros, e na hora em que estacionamos ele dizia:

— Acho que está na hora de fazer uma visita ao Chauncy LeBard. Esse negócio de reclusão já foi longe demais.

Ele se vira para a Vovó.

— Estarei aqui quando vocês terminarem.

Depois ele me diz:

— Será que você volta para casa conosco?

Dou um sorriso e digo:

— A chance é grande, mas se meu plano der certo, você voltará para casa só com a Vovó.

Ela já está quase saindo do carro, mas quando ela ouve isso, estaca.

— Que plano? Nós não discutimos nenhum plano!

— Vovó, não se preocupe. Não é nada de mais. Só espero que dê certo.

Ela sai do carro e posso vê-la balançando a cabeça para Hudson, mas ele diz:

— Relaxe, Rita. A reunião vai acabar num minuto.

Então lá vamos nós: atravessamos a porta da frente, passamos pela senhora Tweeter e chegamos ao escritório do senhor Caan. E bem ali, no corredor, estão Heather e a mãe dela, esperando.

A roupa da senhora Acosta é um pouco mais conservadora do que a que ela usou na festa de Halloween. Pelo menos, é assim que ela pensa. Está de sapatos brancos de salto alto, uma minissaia roxa, uma blusa branca, esvoaçante, e apenas três pulseiras.

Estamos todos sentados no corredor, fingindo que não nos vemos, quando o senhor Caan entra e nos leva até a sala de reunião com uma mesa e algumas cadeiras dobráveis. Ele diz:

– Acho que vocês ficarão mais confortáveis aqui.

E depois faz um gesto para que todos se sentem.

Vovó e eu sentamos numa ponta da mesa, Heather e sua mãe ficam na outra ponta; estamos todos olhando para as mãos dobradas nos colos. O senhor Caan senta na cabeceira da mesa e diz:

– Gostaria de começar por agradecer a vinda de vocês.

Ele limpa a garganta.

– Percebo que há um histórico de tensão entre essas duas mocinhas e sinto que chegou a hora de dialogarmos sobre a raiz do problema para que talvez possamos terminar com ele de vez. Mas, para começo de conversa, gostaria de relatar os acontecimentos de ontem.

Ele olha para mim.

– Agora, Samantha, entendo sua frustração por causa das fofocas sobre você e Jared. Contudo, você concorda que usar o equipamento de som da escola para tirar tudo a limpo com a Heather foi totalmente equivocado?

Antes que eu consiga pensar num jeito bom de não mentir, digo:

— Mas o que o senhor teria feito se estivesse no meu lugar, senhor Caan?

Heather solta uma risadinha, o que faz com que ele se vire e diga:

— Você acha isso engraçado, Heather?

— Desculpe. Não consigo imaginar o senhor usando tênis verdes.

A senhora Acosta a cutuca e cochicha:

— Heather!

Ela ergue os ombros:

— Bem, não consigo mesmo.

O senhor Caan suspira fundo e depois me diz:

— O que eu teria feito em seu lugar era falar com um professor ou orientador, ou até mesmo o diretor. O que eu não teria feito era sequestrar a escola inteira para ver a minha vingança!

Olho para baixo e rapidamente:

— Senhor Caan, se eu tivesse pensado em outro jeito de provar que ela estava mentindo, teria feito isso. Mas o senhor precisa entender, Heather não é racional. Ela fica zangada por coisinhas de nada, e consegue que colegas legais aqui da escola acreditem nela. Como posso competir com isso? O que posso fazer? Sair correndo e dizer para todo mundo algo do tipo "Escutem só! Tenho a prova de que nunca telefonei para o Jared – quem fez isso foi a Heather"? Como se eles fossem acreditar em mim. E não há meio de raciocinar com a

Heather. Ela fica zangada com tudo, é verdade, eu nem sei o que é que vai irritá-la em seguida.

Mantenho a voz baixa, firme e olho para o colo, mas também para a Heather. Quando começo a dizer que ela fica zangada por nada, a garota começa a dizer algo, mas a mãe dela coloca uma mão em seu ombro e a interrompe. Posso ver que ela não consegue esperar sua vez de dizer coisas sobre mim, então termino suspirando fundo e, olhando direto para ela, digo:

— Sinto muito ter que dizer isso, mas realmente acho que a Heather precisa de terapia.

Sua mãe dá um pulo.

— O quê? Como você se atreve? Se alguém aqui precisa de um psiquiatra é você! As mentiras que inventou, a vergonha que você fez minha filha passar! É inacreditável!

Dou uma piscadela para Vovó, mas ela parece muito preocupada.

O senhor Caan se levanta.

— Agora, fique calma, senhora Acosta. Precisamos ir fundo na questão, e acho que já temos um bom começo.

Quando a mãe de Heather se senta, ele diz:

— Agora, Heather, diga qual é sua resposta à observação de Samantha?

Heather pisca os olhos para o senhor Caan e choraminga:

— Ela é uma pessoa cruel, de verdade. Eu não fiz nada para merecer o tratamento que ela me deu. Aquela fita... era falsa. O senhor pode acreditar que uma pessoa faria aquilo?

Enquanto ela se esforça para chorar e tornar sua mentira mais convincente, tiro um par de brincos de meu bolso. Um par de brincos de borracha com pedras falsas. E enquanto Heather fala fino, muito lentamente, prendo o brinco na minha orelha esquerda. Depois, limpo a garganta para que ela olhe para mim. E quando isso acontece, eu lhe dou um sorrisinho e prendo o outro brinco.

Ela fica me olhando por um segundo. Depois engole seco:

— Onde foi que você conseguiu isso?

Balanço a cabeça para que os brincos façam movimento.

— Numa festa. Eu disse para a dona deles que esses eram os brincos mais lindos que eu já tinha visto, então ela os deu para mim.

Heather começa a respirar pelo nariz e dá para ver o que ela está pensando "Não pode ser, não pode ser.." Então, dou um sorriso e digo:

— Eles não combinavam muito com minha fantasia de princesa, mas foi muito legal da parte dela mesmo assim.

Foi o suficiente. Heather começa a gritar e vem para cima de mim tentando me arranhar. E antes que alguém a impeça de fazer isso, ela já está em cima de mim gritando:

— Eu detesto você! Eu odeio você!

Já no chão, eu suplico:

— Socorro! Senhor Caan! Socorro! Ela começou outra vez! Ela é louca! Alguém me ajude! Socorro!

A senhora Acosta grita:

— Heather! Pare com isso! O que deu em você? Heather!

Antes que a Heather me machuque muito, o senhor Caan a tira de cima de mim e prende os braços dela nas costas. Mas será que isso a detém? De jeito nenhum. A garota chuta e grita:

— Vou acabar com você por causa disso! Eu odeio você! Detesto você!

O senhor Caan grita para a senhora Acosta:

— Venha comigo!

E depois arrasta Heather para fora da sala.

Vinte minutos depois, ele finalmente retorna. Senta-se e diz com um grande suspiro:

— A mãe dela a levou para casa.

Vovó faz uma cara séria:

— Eu realmente espero que essa menina procure um tratamento. Não se pode ter esse tipo de comportamento numa escola, pelo amor de Deus.

Depois, ela acrescenta:

— O senhor compreende o tipo de estresse que Samantha tem enfrentado? Do jeito que essa menina a persegue e provoca, ainda fazendo a escola inteira acreditar que ela telefonava para o tal do rapaz?

O senhor Caan levanta a mão:

— Posso compreender por que Samantha fez o que fez, mesmo assim, ela precisa ser repreendida por usar o sistema de som da escola.

Ele olha para mim e diz:

— Ontem, estava propenso a suspendê-la — ele gagueja — definitivamente.

O senhor Caan respira fundo e diz:

— Mas diante do que aconteceu, não farei isso, embora seja necessária uma punição.

Ele arruma o relógio e depois me encara:

— Na noite passada fiz a conta de todas as horas que você deveria cumprir por suas várias infrações e cheguei ao número vinte.

A Vovó diz:

— Senhor Caan... Realmente!

Ele levanta a mão.

— Vinte horas de castigo após a aula pode parecer exagerado, considerando-se as circunstâncias. Então que tal se Samantha usasse esse tempo para prestar algum tipo de serviço comunitário?

Ainda estou espantada, pensando *vinte horas!*, mas a Vovó já dominou a situação.

— Nessa época do ano, a Igreja Santa Maria sempre procura voluntários que ajudem com os preparativos para a festa de Ação de Graças. Poderíamos fazer com que ela auxiliasse na igreja e pedir ao Frei Matias que contabilizasse as horas para o senhor.

O Senhor Caan pensa por uns segundos.

– Ótima ideia!

Olha para mim e diz:

– E agora acho que deveria ir para a classe, mocinha. Você já perdeu aulas de mais com tudo isso.

Então, dou um salto, beijo o rosto da Vovó e vou embora. Provavelmente poderia ter escapado da aula de inglês, já que só faltavam dez minutos para que ela terminasse, mas não queria abusar da sorte. Tentei entrar de fininho, mas a senhora Pilson parou de escrever no quadro-negro e se virou assim que me acomodei na cadeira.

Ela olha para mim como se tivesse visto um fantasma. Então sopra o cabelo da franja e termina de passar a lição de casa. Nisso, toca o sinal e todo mundo corre para a porta, mas ela diz:

– Samantha! Uma palavrinha, por favor.

Traduzindo, ela usará muitas palavras para me dizer o quanto ficou desapontada comigo.

Eu me aproximo dela, mas antes que a senhora Pilson comece a usar muitos adjetivos, digo:

– Senhora Pilson, desculpe por ter interrompido a reunião. Eu realmente gostei do senhor Yates e estava adorando ouvi-lo falar de seu livro. – Solto um suspiro e continuo: – Sei que a vinda dele significava muito para a senhora. Desculpe.

Ela me encara por um minuto e, depois, meio que retorce os lábios como se houvesse várias palavras prontas para pular de sua boca. Finalmente, diz:

– Você tem noção da confusão que criou? Era o maior caos aqui dentro! Fiquei horrorizada!

Depois, suspira e diz:

– Martin Yates não é o tipo de homem que gosta de ficar em segundo plano. Duvido que ele aceite outro convite para dar uma palestra em nossa escola.

Arrasto um pouco os pés.

– Desculpe, senhorita Pilson, de verdade.

E quando estou saindo, ela diz:

– Samantha? Por que será que a Heather fez uma coisa daquelas?

Levanto os ombros.

– Acho que ela não gosta da cor dos meus tênis.

Ela olha para mim como se não compreendesse direito, mas vou embora assim mesmo, certa de que ela vai entender, afinal, ela é professora de inglês.

Entro na aula de matemática assim que o sinal termina de tocar, e logo percebo o que está acontecendo. Na aula do senhor Tiller, a gente tem que estar na carteira, com o lápis apontado e a lição na frente antes que o sinal toque, senão é encrenca. Mas, enquanto me sento, percebo metade da classe na fila do apontador de lápis, e a outra nas carteiras, tentando enxergar o quadro-negro.

Só consigo ver o senhor Tiller lá na frente, apagando o quadro. Então, estico o pescoço para ver além da cabeça de Henry Regulski, que senta bem na minha frente. Mas antes que eu enxergue qualquer coisa, Henry vira sua cabeça de cabelos cacheados e diz:

– Olha só! Não consigo acreditar!

– No quê?

O senhor Tiller se vira e bate na mesa indicando que precisamos nos sentar. Olhando para ele, tudo parece normal para mim. Ele está usando camisa polo, calças esportivas um pouco manchadas de giz e nos pés, sim, nos pés dele, tênis verdes!

Ele sorri para mim rapidamente, pisca e diz:

– Ei, seus bagunceiros, acalmem-se! Temos muita coisa para estudar hoje. Vamos começar com a lição de casa. Andem!

Para o resto da classe, estava tudo normal. Ninguém perguntou sobre os tênis, ninguém deu risadinhas, ninguém falou das notas ou cochichou. E enquanto o senhor Tiller estava de pé, fazendo seus cálculos, começo a ter a impressão de que as pessoas estão olhando para mim. Quando viro para minha esquerda, de repente, Mary Mertins e Rochelle Quin voltam a olhar para o quadro. Olho para a direita, lá estão Isa Jung e

Sommer Hernandez me encarando. Elas sorriem para mim de um jeito nervoso e voltam a olhar para o senhor Tiller.

Quando o sino toca, as pessoas passam por mim e agem como se estivessem com medo de me olhar ou algo assim. Depois que todos já saíram, menos a Marissa, digo ao senhor Tiller:

– Muito obrigada.

Ele sorri.

– Hoje foi um dia muito interessante... e o prazer foi todo meu.

Ele acena para nós com o apagador.

– Andem. Vão para a outra aula.

Então saímos correndo, e enquanto vamos para a aula de história, Marissa diz:

– Eu não acredito! Não consigo acreditar!

Na hora do almoço, conto todos os detalhes do ataque de Heather antes de me lembrar de contar do livro de Chauncy e de como prendi o senhor Bell com o fio da torradeira. Marissa diz:

– Isso é inacreditável! O Homem Esqueleto está atrás das grades e a Heather está isolada, medicada, em algum lugar – precisamos celebrar. O que você acha, Sammy? O que você quer fazer?

Dou risada.

– Quero comprar um novo par de tênis!

Ela diz:

– Você está brincando!

– Não. Estava pensando que talvez pudéssemos ir até o Empório Econômico para ver as coisas que chegaram. Alguém quer vir comigo?

Dot pergunta:

– É o tal do lugar que tem aquela sacoleira meio maluca?

Dou risadas.

– Isso mesmo.

Dot diz:

– Pode apostar que sim! Vou ligar para minha mãe!

Então, ela telefona para sua mãe, eu, para a Vovó, e Marissa deixa um recado na casa dela. E antes que a gente se dê conta, as aulas terminaram e estamos pegando o ônibus para o centro.

A primeira coisa que vejo é Sissi, toda embrulhada em echarpes cor de laranja e rosa, cheia de colares, procurando coisas numa caixa que um homem deixara por lá.

Dot cochicha:

– É ela?

– É.

– Uau! Ela é demais!

Vamos até a mesa e fingimos que estamos examinando pratos rachados, assim a Dot pode dar mais uma olhadinha na Sissi. Ela está dizendo ao homem da caixa:

— Moço, eu não compro lixo. A maior parte das coisas que o senhor me trouxe não serve nem para passarinho fazer ninho.

Ela tira algo de dentro da caixa.

— Olha só para isso. O que o senhor faria com isso? Usaria?

De repente, meu coração pula feito bola de basquete. Agarro o braço de Marissa e digo:

— Caramba! Olha!

Porque eu sei muito bem o que fazer com aquilo que Sissi está segurando. Posso apagar um incêndio com aquele treco, por exemplo. Se você usá-lo no Halloween, estará vestida de Monstra do Pântano.

Marissa começa a fazer sua dancinha.

— Nós encontramos! Achamos!

Dot e eu ficamos na frente dela e dizemos:

— Psiu!

Porque a última coisa que desejamos é deixar que Sissi, a comerciante, perceba que precisamos daquele suéter.

Quando ela se acalma, voltamos a examinar os pratos rachados. Sissi diz ao homem:

— Eu não daria nem dez paus por essa caixa inteira. É tudo lixo.

Ele fica parado um minuto, pensando, então eu me aproximo e digo:

— Eu pago dez paus, só pelo suéter.

Ele o levanta:

– Isso aqui?

Muito gentilmente, tiro o suéter das mãos do homem e confiro a etiqueta. Sim, é Louis d'Trent. Procuro uma nota de dez no meu bolso.

– Pronto. Está aqui.

Ele ri.

– Fechado!

Bem, Sissi está com cara de quem levou a pior.

– Ei! O que você acha que está fazendo?

O homem levanta os ombros.

– Essas meninas acabaram de me pagar dez paus pelo suéter. E a senhora não quis me dar isso pela caixa inteira!

Ele pega suas coisas e diz:

– Acho que talvez eu coloque tudo à venda na minha garagem, no final.

E sai andando pela porta.

Sissi fica parada, piscando. Depois ela vira para mim e diz:

– Que grande ideia foi essa?

Agora, eu estava pronta para sair correndo dali. O problema é que Marissa estava tão animada com a história de ter encontrado o suéter que disse:

– Não acredito! Isso foi tão legal! Economizamos quatrocentos e noventa dólares!

Os ouvidos de Sissi se erguem como os de uma loba:

— Não entendo. Como assim economizaram quatrocentos e noventa dólares?

Cutuco Marissa.

— Ande. Vamos perder o ônibus.

Mas ela está tão animada que fica falando:

— Aquele suéter é do Louis d'Trent. Minha mãe tinha um desses, e Sammy o usou para apagar um incêndio. Você não entende, isso vai impedir que eu fique um ano de castigo!

Eu a empurro e digo baixinho:

— Vamos embora daqui.

Sissi vai voando até a caixa registradora:

— Vocês não vão sair daqui com isso! Não pensem, nem por um minuto, que vocês podem vir na minha loja, fazer um negócio da China e sair andando com um suéter de quinhentos dólares! Eu ia comprar a caixa do homem, eu estava só pechinchando!

Ela se adianta, tira uma nota de dez da caixa registradora, e diz:

— Aqui! Tomem! Esse suéter é meu. Andem, tomem!

A essa altura, Marissa entendeu a jogada e fomos recuando o mais rapidamente possível. E quando Sissi diz:

— Parem agora ou vou chamar a polícia! — Damos meia-volta e corremos.

E continuamos a toda a velocidade até estarmos a salvo no ônibus. Depois de recuperarmos o fôlego, Dot ri e diz:

— Você acha que ela vai mesmo chamar a polícia?
— Sissi? Não!

Depois dou risada e digo:

— Se você quer mesmo chamar a polícia é só ir até a casa da Heather para apanhar o monitor de volta.

Todas nós gargalhamos e, finalmente, Dot grita:

— Tudo bem! Fica de presente para ela!

Saímos do ônibus na entrada do shopping e estamos para nos separar quando Dot grita da banca de jornal:

— Ei, Sammy, venha aqui! Veja! Você está na primeira página!

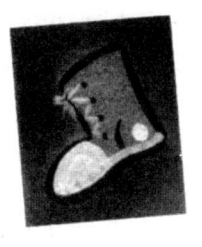

DEZOITO

Dot estava certa. Lá estava eu, na primeira página do jornal. E, de algum modo, acabei saindo duas vezes. Da primeira, eu estava de pé, entre o Bombado e o Policial Borsch, dando a impressão de que impedia que eles se matassem. A manchete dizia: POLICIAIS EM ATRITO NO PALÁCIO DA JUSTIÇA, e a matéria dava uma cobertura geral, como diria o Hudson, abordando a causa da disputa entre ambos. A reportagem era curta, então acho que eles estavam gritando mais alto do que eu pensava.

A segunda foto me mostrava cumprimentando o Bombado diante do sebo e, sob a legenda, o texto falava da história do senhor Bell e como ele havia roubado Chauncy. A manchete dizia: SURPRESA DE HALLOWEEN! GAROTA PEGA VIGARISTA! A matéria mencionava que o Bombado seria promovido – não sei para que cargo. Não acho que ele será chefe de polícia, nem nada disso, mas se lhe derem um novo parceiro, na certa ele vai comemorar.

Alguns dias depois de ter saído no jornal, decidi ir até a casa de Hudson. Encontrei-o na escada, tirando folhas do ralo. Ele me vê e desce os degraus.

– Ei, mocinha, que bom que você deu uma passada por aqui. Chauncy quer que você o visite. Por que você não dá um pulinho na casa dele agora?

Bem, não é que o Hudson quisesse se livrar de mim, então eu digo:

– Por quê?

Aí me lembro que a última vez em que o Chauncy falara com Hudson tinha sido há muitos anos.

– Você falou com ele! Quando foi?

Hudson sorri e diz:

– Minha última visita aconteceu há menos de uma hora.

– A última visita?

Coloco as mãos na cintura.

– Que bom! Conte tudo! Como ele está?

Hudson me dá seu sorrisinho típico e diz:

– Por que você não vai à casa dele e pergunta?

Reviro os olhos e digo:

– Hudson! – Mas eu sei que não adianta.

Então, caminho até a casa de Chauncy e estou quase batendo na porta quando percebo que algo mudou. A porta ainda parece um instrumento de tortura medieval, mas posso ouvir música do outro lado. Do tipo que Vovó escuta tarde da noite quando acha que já dormi. Do tipo em que violinos respondem a violoncelos, cornetas gritam e oboés sussurram. Do tipo que se pode ouvir as nuvens, a chuva e o sol brilhante se você fecha os olhos e espera.

Chauncy ligou a luz! E quando percebo isso, meus olhos se enchem d'água e começo a fungar, logo mais vou estar no meio de um monte de galhos, chorando.

E quando finalmente paro de regar as moitas, respiro fundo, ergo a mão e alcanço a campainha. Quem atende? A senhora D.W. LeBard.

Ela diz:

— Samantha! Ah, Chauncy ficará tão feliz de vê-la!

Murmuro um alô e ela me deixa, dizendo:

— Venha comigo.

A Casa do Arbusto parecia igual por fora, mas por dentro estava realmente diferente. E não era só a mobília nova ou nada assim – é que as cortinas estavam abertas e, com a luz, dava para ver que realmente não havia mais morcegos no Paraíso dos Vampiros.

De qualquer modo, segui a cunhada de Chauncy até a janela de trás e ficamos olhando Chauncy e Douglas apontando e passando o binóculo um para o outro. Depois de um minuto, a senhora LeBard diz:

— Os três quase foram destruídos.

— Como assim?

— Pelo cigarro. E pela culpa. Mas veja agora. Eles voltaram a se falar.

Ela respira fundo.

— Serei infinitamente grata a você.

Estou quase lhe dizendo que só fui uma intrometida, quando Chauncy repara em mim e acena do lado de fora.

Enquanto caminho na direção dele, reparo em algo que nunca pensei ver – Chauncy LeBard sorrindo. Sorrindo de verdade. De orelha a orelha, da cabeça aos pés, ele é só sorrisos. E os olhos dele brilham enquanto ele diz com um zumbido:

– Senhorita Sammy, estarei sempre em dívida com você.

Sorrio e digo:
– Pode apostar.
D.W. retribui o sorriso.
– Por favor, me perdoe pela falta de educação. Acho que fui um bode teimoso.

Todos nós rimos um pouco, depois Chauncy diz:
– Boas novidades! Os ovos de nossa princesa já chocaram.

– Filhotes de passarinho? Posso ver?

Ele sorri e me passa o binóculo. Com certeza, lá está a mamãe passarinho, ocupadíssima, pulando no ninho, enfiando sabe-se lá o que na boca de seus filhinhos. Quando paro de observá-la, devolvo o binóculo a Chauncy e lhe digo:

– Parabéns!

Nisso, Douglas volta de dentro da casa e diz:
– Meu irmão e eu ficamos conversando sobre o que deveríamos dar a você como agradecimento por tudo o que fez e decidimos que seria isso.

Ele me entrega um livro. Um exemplar cor de cereja com um sapo no canto. Fico piscando e depois devolvo.

– Não posso aceitar.

Chauncy insiste.

– Por favor. Queremos que fique com ele.

Respiro fundo e, por alguma razão, minhas mãos tremem e sinto-me fraquejar. Olho de um para o outro e finalmente concordo, dizendo:

– Obrigada.

Fico mais um pouco. Quando chega a hora de sair, saio pelos fundos. Atravesso os galhos e quando chego à calçada, dou meia-volta e olho para trás rapidamente. Então vejo a placa VENDE-SE na porta ao lado e percebo que estou segurando um livro que praticamente vale o preço de uma casa para mim e Vovó. Examino o livro várias vezes e percebo que nada no mundo me fará vendê-lo. De jeito nenhum.

Decido que talvez eu volte até a casa de Hudson. Ele vai entender. Vai me dar chá e ficaremos na varanda falando de Chauncy, Douglas, dos livros e da vida.

E assim que terminarmos de falar irei para casa para contar tudo à Vovó. Quando ela acabar de decidir que a primeira coisa que precisamos fazer pela manhã é colocar o livro num cofre... bem, farei algo que não imagino ser comum com um exemplar tão raro e valioso – ler sua história.

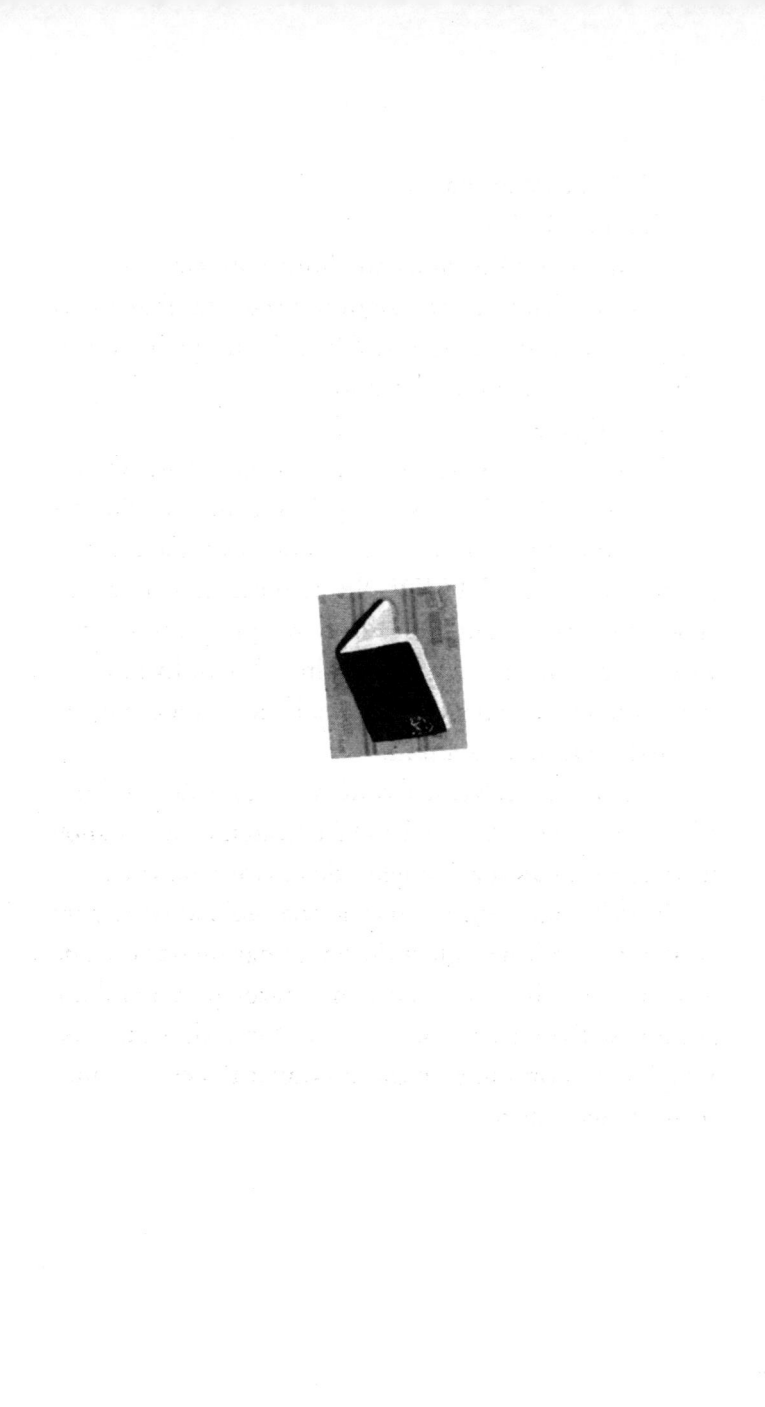

Este livro foi impresso na Editora JPA Ltda.,
Av. Brasil, 10.600 – Rio de Janeiro – RJ.